KB068382

기꺼이 헤매는 마음

임승주 산문집

기꺼이

헤매는

마음

RHK
알에이치코리아

방문이

열리고

'당신'

이라는

세계

2부

문밖에서

가져온

마음

3부

햇빛을

따라서

1부

방문이 열리고

　　내 삶에 프랙털을 대입해 본다면 아마 아이스카페라테가 내내 등장할 것이다.

　　프랙털은 수학과 물리, 자연과학 등에서 쓰이는 개념으로, '작은 구조가 전체 구조와 비슷한 형태로 끝없이 되풀이되는 구조'를 의미한다. 나뭇가지 하나를 떼어 보면 그것이 나무의 전체 모습과 닮았고, 우리나라 리아스식 해안, 동물의 혈관도 비슷한 반복성을 갖는다는 개념이다.

이동진 평론가의 팟캐스트 〈이동진의 빨간 책방〉을 통해 프랙털을 들었을 때 가장 먼저 떠오른 것은 아이스카페라테였다. 그는 '성실한 사람은 아무리 재수 없는 날도 성실하고, 성실하지 않은 사람은 수능 전날이라 할지라도 성실하지 않다'며 성실한 하루하루가 모여 성실한 인생이 만들어진다고 말했다. 내게 대입해 보면 이렇다. '아무리 재수 없는 날도 아이스카페라테를 마시고, 시험 전날이라 할지라도 아이스카페라테를 마신다⋯⋯.'

몇몇 지인은 알고 있다. 내가 왜 늘 아이스카페라테만 마시는지를. 커피 이야기를 하자니 어쩐지 신이 난다.

일단, 맛있다. 한 모금 마시는 순간 커피의 고소함과 우유의 고소함이 조화를 이뤄 입 안 가득 포만감을 선사한다. 커피의 식물성 지방과 우유의 동물성 지방이 어우러진 완벽한 한 잔. 모르긴 몰라도 이것은 음양의 완벽한 조화다. 여기에 설탕 시럽을 한두 방울 넣으면 따로 노는 듯했던 커피와 우유가 찰싹 어우러지면서 또 다른 세계를 열어준다. 카페인, 지방, 당분이 만났는데 맛이 없을 수가 없다.

아이스카페라테는 실로 밀가루보다 위대하다.

또 하나의 이유는, 아이스카페라테가 맛이 없기란 참으로 쉽지 않기 때문이다.

나도 아메리카노를 찾던 때가 있었다. 대학생 때만 해도 커피를 즐기지 않아 생과일주스 같은 것을 주로 마셨고, 친구들과 카페에 가면 파르페니 카페모카니 뭔가가 잔뜩 올라간 것을 주로 시키곤 했다. 정말이지 달달하던 시절이었다……

프랜차이즈 카페가 우후죽순 생기기 시작한 시기는 내가 막 사회생활을 시작하던 시기와 맞닿아 있는데, '에스프레소'가 메뉴판 제일 위에 있던 동네 카페와는 다르게 프랜차이즈 카페 메뉴판 첫머리에는 언제나 '아메리카노'가 있었다. 그렇게 차츰 젖어 들기 시작한 커피 습관에는 언제나 아메리카노가 있었는데, 이게 도통 입에 맞지 않는 거였다.

그러니까, 맛있는 아메리카노를 찾는 게 어려웠다. 괜

히 미각이 예민해서는 늘 같은 카페를 가도 맛의 낙차가 너무나도 크게 느껴졌다. 어느 날은 진하고 어느 날은 연하고, 또 어느 날은 너무 쓰고 어느 날은 너무 시고……. 커피 품종과 로스팅 방식에 따라 각기 다른 커피 맛의 세계를 탐험하기엔 나는 너무 바빴고, 하루키의 표현처럼 '신문지를 우려낸 것 같은 커피'를 맛본 날은 화가 치밀었다(정말이지 휴게소 커피들은 각성해야 한다).

그렇게 아메리카노를 피해 정착한 대륙이 아이스카페라테였다. 일단 우유를 싫어하지 않아야 유지할 수 있는 조합이다. 커피 1, 우유 4 정도의 비율로 만들어지는 카페라테는 유지방의 막강한 존재감으로 커피의 단점을(어쩌면 장점도) 상쇄시키는 효과를 갖는다. 커피가 세면 센 대로, 약하면 약한 대로 우유가 커버해 준다. 우유는 저지방 우유를 고르지 않는 이상 늘 같은 맛을 내므로, 커피는 돕기만 하면 된다. 맛있는 카페라테는 감사하는 마음으로 먹고, 맛없는 카페라테는 우유 맛으로 먹는다. 이것이야말로 사랑하기 위한 갈등보다 사랑 없는 평화를 선택하는 이답다.

'왜 꼭 아이스인가' 하는데도 나름의 이유가 있는데, 대개 커피를 찾게 되는 때는 써야 할 글이 있을 때나 풀어야 할 과제가 있을 때, 즉 심신에 해갈이 필요한 순간이다. 따뜻한 카페라테 첫 모금이 '으흠, 이제 슬슬 써볼까' 하는 느낌이라면, 아이스카페라테 첫 모금은 '으아악, 어떻게든 써내고 말겠어!' 느낌이랄까. 조심조심 입술만 적시고 마는 뜨거운 커피 대신 빨대로 쭈우우우욱, 온전한 한 모금을 길어 올리며 전의를 불태우는 이 시대의 용사들. '얼죽아'는 그냥 태어난 게 아니다.

조금 더 취향을 밝히자면, 내가 가장 좋아하고 최고로 치는 맛은 군고구마 맛이 나는 커피다. 시럽을 넣지 않아도 원두 자체로 은은한 단맛이 나고, 탄 맛과 쓴맛이 존재감 있으면서도 선을 넘지 않는 커피. 고맙게도 라테 맛집으로 소문난 카페도 많아서, 그런 곳을 찾아가는 걸 취미로 삼고 있다. 오픈 시간에 맞춰 아이스카페라테를 향해 돌진하는 그 기분, 한 잔은 카페 안에서 마시고 한 잔은 테이크아웃해서 나오는 그 기분, 커피를 왼손에 들고 카페 간판을 배경으로 사진을 남기는 그 기분. 사는 맛이 그란

데 사이즈만큼 차오른다.

쉽게 배가 부르고 살이 찌는 것이 단점이라면 단점이지만, 이렇게 한 가지 음료를 기본값으로 고정해 두면 좋은 점도 있다. 사람들이 "뭐 드실래요?" 물어보지 않고, "아·라?"라고 묻는 순간이다. 좋아하는 것보다 싫어하는 것이 많은 '헤비 헤이터'라서, 별명 하나 지어주기 어려울 정도로 무색무취한 사람이라서, 상대가 그나마 '저 사람은 이거라도 좋아하지' 알고 있다는 사실이 내게 안도감을 준다.

취향이랄 게 별로 없고, 갖는 것보다 갖지 않는 것이 낫다고 생각하는 사람에게 무엇을 권하기란 얼마나 어려운 일인가. 그런 재미없는 사람이 바로 나고, 그런 나를 향해 어떤 거리낌도 없이 열어젖히고 들어올 수 있는 키워드가 바로 아이스카페라테임을 공공연히 밝힌다. 만약 당신과 내가 세 번째 정도 만나는 사이인데 "아이스카페라테 드실 거죠?"라고 묻는다면, 나는 당신의 주의력과 기억력에 감탄하며 호감을 표현할 것이다. 그리하여 말없이 (시럽 넣은)

아이스카페라테를 스윽 내미는 사이가 되는 날을 상상할 것이다.

다시 프랙털 이야기로 돌아가 보면, 커피 한 잔도 실패하기 싫어서 늘 고정값을 정해두고 사는 사람의 세계를 이야기하고 싶었다. 등급과 부위에 따라 맛이 천차만별인 소고기보다는 어디 가서 먹어도 평타를 치는 삼겹살을 회식 메뉴로 고르는 사람. 〈오징어 게임〉 속 5라운드, 유리 다리를 건너야 하는 운명인 줄도 모르고 중간 번호를 고르는 사람. 선택의 기로에 서서 시간을 보내다가 끝내 악수를 두게 될까 두려워서 성공도 실패도 아닌 중간을 선택하는 사람의 마음을. 그렇게 인생 어딘가 있을 1++ 등급의 안창살 같은 즐거움을 무한정 보류한 얌전한 삶은 아이스카페라테와 삼겹살 정도로 족한데, 어쩐지 '라테론'은 프랙털처럼 내 인생 줄기를 장악해 가는 모양새다.

선택할 시간을 줄여 그 시간과 에너지를 어디에 썼는지는 모르지만, 어딜 가든 "아·라?"라고 물어주는 사람이 늘어나고 있다는 것은 즐거운 일이다. 카페인 권장량이라든가 위장의 상태를 고려한다면 일평생 마실 수 있는 커피의 양이 한정되어 있을 것이고, 커피 한 잔을 실패했을 때 돌아오는 타격을 생각한다면, 나는 여전히 아이스카페라테를 마시고 있을 확률이 높다.

2

20대 중반, 첫 직장에서 채 1년을 채우지 못하고 퇴사한
뒤 방송아카데미 구성작가 과정에 다녔다. 당시 지상파
3사 모두 방송아카데미를 운영하고 있었는데, 자취방과
가까운지, 수강료는 저렴한지, 딱 두 가지 기준으로 한 방
송사를 골랐다. 정확하게 기억나지는 않지만 일주일에 사
흘, 그것도 반나절씩 수업이 있었지만, 직장인에서 다시
학생으로 건너온 기분이란! 수업을 들으러 여의도를 향해
마포대교를 건너는 동안 '학생일 때가 제일 행복한 거다'라

는 어른들의 말씀이 일렁일렁, 온몸으로 전해져 왔다. 선생님들의 가르침을 꼭꼭 씹어 먹고 나는 끝내 작가가 되리라. 뭐든 떠먹여만 주세요.

아카데미에서는 현직 방송작가들이 학생들을 가르쳤다. 라디오부터 예능, TV종합 등 장르별로 수업이 진행됐다. 대부분 수업은 구성이 잘된 몇몇 프로그램의 원고를 참고 삼아 본 후, 학생들이 직접 기획안과 원고를 써서 돌려 본 뒤 합평하는 방식이었다. 대학 때 듣던 수업과 진행 방식이 비슷했지만 결정적으로 달랐던 것은 선생님들이 현직 방송작가라는 점이었다. 어느 곳보다 날것의 이야기를 많이 들을 수 있다는 뜻이었다.

선생님들의 첫마디는 대부분 방송작가라는 직업이 가진 불안정함에 대한 고백이었다. 어느 작가는 강단에 서자마자 진짜 이걸 해야겠냐고, 자신은 요즘 초상화 그리는 일을 배우고 있다며 이제 막 수강료를 지불한 작가 지망생들에게 '지금이라도 다른 직업을 생각해 보라'고 했다. 어느 작가는 자신의 출신 대학을 까더니 동기들의 근황까지

읊으며 공채 개념이 없는 방송작가일수록 학연과 지연, 연줄이 중요하다며 학생들에게 괜찮은 끈이 있냐고 묻기도 했다.

아무래도 좋았다. 나보다 앞서 걷고 있는 사람들의 이야기는 웬만해선 뿌리치기 어려운 힘을 갖고 있었고, 어떤 종류의 비관이라도 이전에는 몰랐던 영역이었기에 듣는 데 에너지를 쓰는 것은 어렵지 않았다. 특히 '꿈은 꾸더라도 발은 땅에 디뎌라'라던 문장을 몇 번이고 일기장에 쓸 만큼 현실천착주의자였던 나는 방송작가의 현실을 알아간다는 사실 자체가 나쁘지 않았다. 그래, 이상을 현실로 가져오자, 그런 마음으로 성실하게 연구동을 드나들었다.

그러다 다큐멘터리 수업이 시작됐다. 다큐멘터리 수업을 맡은 선생님은 당시 20년 차 작가로 1백여 편의 다큐멘터리를 기획하고 구성한 베테랑 중의 베테랑이었다. 직접 집필해 방송에 나간 작품부터, 작품화되지 못한 기획안까지 다양한 사례를 보여주며 수업을 이끌어 나갔다. 수업

끄트머리에 선생님은 각자 만들고 싶은 다큐멘터리 기획
안을 써오라는 과제를 내주었다. 그때만 해도 방송작가의
끝판왕이랄까, 하나의 주제를 향해 심도 있게 파고드는 다
큐멘터리야말로 방송작가가 가야 할 종착지라고 생각했
던 나는 그 어느 장르보다 열심히 기획안을 준비했다. 지
금 생각하면 주제부터 뜬구름 그 자체였고, 풀어가는 구성
역시 탁월한 지점이라곤 없었지만 '그래도 혹시나' 하는 마
음으로 열을 올렸다. '합평에서 좋은 평가를 듣고 싶다, 베
테랑 작가님이 내 기획안을 픽해주면 좋겠다'는 마음으로
다음 수업을 기다렸다. 그러나 수업은 내 기대와는 전혀
다른 양상으로 흘러가고 있었으니…… 다음 시간, 우리는
여의도 강의실이 아닌 광화문에 서있었다.

선생님은 강의실에 들어오자마자 스크린쿼터 이야기
부터 꺼냈다. 그러다 "안 되겠다, 지금 광화문으로 가자"고
했다. 2006년 당시 우리나라는 미국과의 자유무역협정을
앞두고 농업부터 문화까지 다양한 분야에서 진통을 겪고
있었고, 영화 시장 역시 그중 하나였다. 영화 관계자들은

스크린 독과점이 우려된다며 스크린쿼터제를 현행대로 유지해야 한다고 외쳤고, 그 일환으로 유명 배우와 감독들이 광화문 교보문고 앞에서 릴레이 1인 시위를 이어가던 상황이었다. 갑작스러운 현장학습에 어리둥절해하는 학생들 앞에서 선생님은 이 말을 덧붙이며 가방을 챙기기 시작했다. "장동건 얼마나 잘생겼나 보러 가자."

글쎄. 선생님이 '이것도 다 다큐멘터리 구성에 필요한 공부'라고 딱 한 마디 더 얹어주었다면 그때의 내 기분은 달랐을지도 모르겠다. 하지만 정석대로의 수업을 기대했던 나는 별안간 광화문으로 가자는 선생님의 제안이 그리 달갑지 않았다. 기획안은 아직 보여주지도 않았는데, 애쓴 시간이 부정당하는 기분이랄까.

이후 정신을 차리고 보니 나는 광화문 뒷골목의 허름한 식당에 앉아있었다. 아주 나중에야 그곳이 피맛골이었다는 것을 알았다. 우리는 장동건 얼굴은 코빼기도 보지 못하고, 어마어마한 인파, 그리고 그 인파가 궁금해하는 것은 스크린쿼터 사수 여부가 아닌 배우의 생김새라는 사실만 확인한 채 철수한 터였다. 선생님은 자연스럽게 우리를 식당으로 이끌었고 그보다 한층 더 자연스럽게 생선구이와 막걸리를 시켰다. 삼치구이와 고갈비가 우리 앞에 놓였고 다들 배가 고플 시각이었지만 쉬이 젓가락이 가지 않았다. 선생님이 무슨 말을 할까, 오직 그것만이 궁금했다.

내가 기대했던 것은 스크린쿼터를 주제로 다큐멘터리를 기획하고 구성할 때 이런 방식이 좋을 거다, 혹은 현장에서 이러한 분위기를 확인했으니 이러이러한 가지로 뻗어나가는 게 어떻겠냐, 하는 베테랑의 의견이었다. 그래야 여의도에서 광화문까지 온 보람이 있으니까. 하지만 선생님은 여기까지 온 이유는 오직 이 막걸리 때문이었다는 듯, 스크린쿼터제는커녕 장동건 이야기도 하지 않고 '한잔하자'라고만 했다. 그리고 시간이 지나서는 '너는 여기 왜 왔니', '방송작가 왜 하고 싶니'라며 이미 첫 시간에 마친 이야기를 재차 물었다. 신변잡기로 흘러가는 대화도, 서로의 불콰해진 얼굴이 너무도 또렷이 보이는 낮 술판도, 도무지 익숙해지지 않았다. '왜 여기까지 따라왔지' 싶었던 나는 자리에서 슬그머니 빠져나왔고, 그날 선생님은 남은 학생들을 이끌고 2차 낮술을 이어갔다는 이야기를 들었다.

아이러니한 것은 '아카데미 시절' 하면 가장 또렷이 기억나는 일이 이날의 광화문 수업이었다는 사실이다. 기대감이 내려앉고, 그 어느 날보다 불만스러웠던 날이었는데, 가장 기억에 남는 날이 되었다. 라디오, 예능, TV종합 수업에 들어왔던 선생님들은 이름조차 기억나지 않는데 다큐멘터리 선생님은 이름도 또렷해 지금도 수시로 검색해 본다. 기사 사진을 보면 광화문 삼치구이집에서 막걸리로 발갛게 달아올랐던 선생님의 얼굴이 포개진다.

캐릭터가 확실한 사람은 그 자체만으로도 누군가에게 배움이 된다. '저렇게 살아야지'처럼 타산지석으로 작용하거나, '저렇게 살지 말아야지' 하고 반면교사로 작용하거나. 그도 아니면 '저런 사람도 있구나' 하는 직시의 대상이 된다는 점에서 그렇다.

또 한 가지 남은 것이 있다. 그날 우리는 장동건의 코빼기도 보지 못했고 현수막 한 장 들고 있었던 것도 아니지만, '스크린쿼터 사수 1인 시위'라는 역사적 현장에 있었다는 얄팍한 소속감만은 갖게 되었다. 남의 일처럼 느껴지던 스크린쿼터제는 단 몇십 분 그 현장에 있었다는 기억만으로 '우리 일'이라는 감각을 갖게 했다. '내가 말이야, 그때 광화문 교보 앞에 있었는데……'로 시작하는 왕년 토크 권한을 제공해 주었다는 점에서 그것은 분명 큰 사건이었다. 그래, 다큐멘터리는 멀리 있지 않구나. 슬그머니 세상 속으로 들어가는 법, 남의 이야기에서 나의 조각을 찾는 법, 그 조각을 잘게 잘게 흩뿌려 가능한 더 많은 이의 손을 잡아끌 수 있는 것. 그렇게 다큐멘터리는 시작된다는 것을 알려주기 위해 선생님은 장동건과 삼치구이로 빌드업했던 것은 아닌지, 다큐적 흐름을 따라 그날을 되새겨 보곤 한다.

3

코로나19를 앓으며 나흘 동안 안방에서 격리 생활을 했다. 남편은 그보다 늦게 확진이 되어 나흘간의 격리 이후로는 집안 전체를 튼 채 생활했다. 안방에 혼자 머무는 동안 발열과 오한이 반복해 다녀갔는데, 그 어떤 영상도 글자도 눈에 들어오지 않는 시간을 견디는 데는 역시 창문만 한 것이 없었다. 베란다 크기만큼 동향으로 난 안방 창문은 그 자체로 느릿느릿 흘러가는 모니터였다. 가만히 누워 있어도 때가 되면 햇빛이 밀려 들어오고, 길 건너 언덕에서는 도시농부의 하루가 흘러가고, 구름은 시시각각 바뀌는 자연주의 채널. 이건 호흡기 질환이니까 환기를 자주해야 한다며 평소보다 자주 창을 열고 닫을 때마다 정성 들여 심호흡을 했다. 어느 창호 회사의 '세상을 연결하는 창'이라는 광고 카피가 폐부에 깊이깊이 와닿았다.

15년 전 여름에도 그랬다. 4차까지 예정된 항암치료를 위해 대학병원에 입원과 퇴원을 반복하던 시기였다. 나 대신 입원 수속을 밟는 엄마 뒤에 서서 나는 내내 한 가지 생각만 반복했다. '창가에 배정받았으면.'

대학병원 로비에 5분만 앉아있어 보면 알겠지만, 세상에는 정말 아픈 사람이 많다. 입원이 약속된 날에 병원을 찾은 건데도 빈 병실, 빈 병상 하나가 쉽게 나질 않았다. 덕분에 새로운 경험도 몇 번 했다. 반나절이었지만 응급실 침대를 차지한 적도 있었고, 어느 날은 분만실 침대에 입원하기도 했다. 응급실과 분만실. 죽음과 탄생이 극단적으로 교차하는 공간에 머무르면서, 그저 덜 건강할 뿐인 나의 상황이 그리 나쁘지 않다는 몹쓸 비교도 하곤 했다. 어떤 면에서는 인생의 정점을 찍고 있는 이들이 나누는 지극히 생활적인 대화를 엿들으며 시간 가는 줄 모르고 누워있기도 했다. 출산이 임박한 산모가 진통이 잠시 잦아든 사이 '햄버거가 먹고 싶다'고 하자, 남편이 울먹이는 목소리로 '100개 사줄게' 대답하는 것을 들으며 '이 장면은 시트콤일까, 멜로드라마일까' 궁금해지기도 했다.

응급실과 분만실, 어느 곳도 거치지 않고 예정된 시간대로 입원을 한 날도 고비는 남아있었다. 자리 문제였다. 내가 다니던 대학병원은 6인실만 건강보험 혜택을 적용받을 수 있었기 때문에 언제나 선택은 6인실이었고, 보호자까지 도합 12명이 북적이는 입원실에서 조금이라도 편안하게 생활하기 위해서는 좋은 자리를 얻는 것이 중요했다. 내가 가장 선호하는 자리는 창가 쪽 병상이었는데, 안타깝게도 그건 다른 환자들도 마찬가지였다. 문 쪽과 가까운 병상은 문간방에 세 든 느낌이랄까, 같은 돈 내고 덜 대접받는 느낌이랄까, 이유 모를 박탈감이 드는 자리였다. 사람들이 들락날락하느라 밤에도 복도 형광등 빛과 소음이 그대로 들어오니 환자 입장에서는 상당히 피곤한 위치였는데, 벽과 맞닿아 안정감이 있다는 장점 때문에 보호자들은 오히려 선호하는 자리이기도 했다. 내가 가장 기피하는 자리는 가운데 병상이었는데, 커튼을 치면 답답하고, 걷으면 프라이버시를 지킬 수 없다는 점에서 여러모로 고난이 많은 자리였다.

결국 정답은 창가였지만, 안타깝게도 창가 자리는 장기 입원 환자가 독식하고 있기 마련이었다. 나는 길어봤자 10일, 항암제와 수액을 맞는 기간 동안만 입원을 했기에 쉽게 창가 자리를 얻을 수 없었다. 새로 들어간 병실마다 할머니 환자가 점령 중이었고, 그분들을 볼 때마다 나는 직감했다. '이 방도 덥겠구나······.'

당시 병원은 창가 쪽에 침대 높이의 에어컨이 있었고, 대부분의 어르신 환자들은 에어컨 찬바람을 싫어했다. 온도를 높이다 못해 꺼두는 분들이 많았다. 창가 자리만 잡으

면 내 마음대로 에어컨을 껐다 켰다 할 수 있을 텐데. 며칠
이고 더운 밤을 보내며 호시탐탐 창가 자리를 노리다가, 어
느 때는 창가 환자의 퇴원에 맞춰 잽싸게 창가로 옮겨가기
도 했고, 어느 때는 가운데 자리만 지키다 퇴원하기도 했다.

　4차에 걸친 항암치료 중에서도 유독 3차 때의 밤이 기
억에 남는 것은, 그만큼 농도 짙은 밤을 거쳐본 적이 없기
때문이다. 내가 맞았던 항암제 중 하나인 시스플라틴은 신
장 독성이라는 부작용이 있어 투약 전후로 식염수를 2L씩
맞아야 했다. 항암제 약성이 암세포를 포함해 체내 세포
를 공격할 시간을 주었다가 나머지는 소변과 함께 자연스
럽게 배출되도록 식염수를 처방하는 것인데, 자연히 화장
실도 자주 가야 했다. 링거를 주렁주렁 단 채 화장실을 가
는 것도 버거웠지만, 하필이면 3차 때 생리까지 겹쳤다. 생
리통도 여전했다. 그리고 무엇보다, 더웠다. '에어컨 좀 켜
주세요'라는 내 말에 '냉기에 살갗이 얼마나 아픈지 아냐'
며 차갑게 거절한 창가의 권위자. 그가 보기 싫어 커튼을
쳤다가, 그것은 그것대로 창밖 풍경을 볼 수 없으니 나만

답답했다. 이러지도 저러지도 못하는 시간이 느리게 흘러
갔다.

　슬픔의 5단계였던가. 대학 2학년 때 들었던 교양수업
의 조각을 떠올렸다. 부정, 분노, 타협, 우울, 수용. 처음 암
선고를 받고 '설마 내가' 하는 부정은 아주 잠시였다. 나는
오랫동안 분노 상태에 머물러있었다. 왜 하필 내가, 이 나
이에, 암에, 그래서 이렇게 한여름에 항암치료를 받아야
하는지 분노하는 것 말고는 할 일이 없었다. 이 나이에 쉽
게 할 수 없는 경험이니까 일기라도 잘 쓰자 하는 각오도
잠시. 24시간 달고 있어야 하는 수액의 지리멸렬함과 항암
제가 주는 어지러움, 오심, 구토, 그리고 무기력으로 무언
가를 쓴다는 것이 어려웠다. 그저 지금 맞고 있는 주사의
정체가 무엇인지, '시스플라틴'이라는 이름만 겨우 쓰고 침
대를 비스듬히 세운 채 속만 끓였다.

　그때 창밖 풍경이 없었더라면 마음속 화를 꺼트리기
어려웠을 것이다. 멍하니 눈을 뜬 채 바깥으로 시선을 돌

리면 자연스레 강변 풍경이 눈에 들어왔다. 비가 한껏 내려 불어난 강물, 초록을 빗줄기처럼 매달고 있는 수양버들, 절절 끓는 만큼 선명한 파란 하늘이 자연스럽게 바깥 공기를 상상하게 했다. 풍경 자체로도 평화로웠지만 어떤 가능성을 상상하게 한다는 점에서 구원과도 같았다. 일주일만 견디면, 이 항암제만 무사히 다 맞으면, 저 풍경 속으로, 혹은 그보다 더 너머의 세상으로 걸어 들어갈 수 있다. 조금만 참자…….

다시 창가에 서서, 마음대로 여닫을 수 있는 자유의지의 창이란 얼마나 대단한 것인지 생각했다. 고비라 할 수 있는 어느 시기를 그나마 유연하게 넘을 수 있도록 몸과 마음에 환기할 기회를 주는 창. 당장 걸음을 옮길 수 있는 문도 아니고, 나간다고 해서 쉽게 내 것이 될 수도 없는 풍경뿐이지만, 그럼에도 지금과는 분명 다를 어떤 날을 꿈꾸게 해주는 창. 너는 갇혀있는 것이 아니라 잠시 숨 고르기를 하는 것일 뿐이라고, 창은 그렇게 조용히 무언의 확신을 비춰주곤 했다.

4

대
명
사
에

지
지

않
고

'우선, 일단, 저는, 그냥, 뭔가, 약간, 근데, 사실, 아직'

'미대생이 사랑하는 단어 TOP 9'이라며 트위터를 떠도는 아홉 단어다. 조합해 보면 이렇다.

"우선 저는 일단 그냥 뭔가 해봤는데요. 사실 아직 약간 부족한 것 같아요. 근데 일단 해보겠습니다."

새 작품을 만들 때마다 비평을 각오해야 하는 미대생들이 본인의 작품을 변호하기 위해 자주 쓰는 단어들이라고 한다. 왠지 앞뒤로 '……'이 붙을 것만 같은 서글픈 아홉 단어를 보며, 나는 반대로 왜 미술관에 가면 머리가 시원해지는 기분이 드는지 조금은 이해가 됐다. 세상에는 언어 이외의 것으로 표현할 수 있는 예술이 있고, 나는 그러한 예술에서 아주 멀리 떨어져 있는 사람이므로. 말과 글로 먹고사는 만큼 일상에서도 언어에 매여있는 때가 많고, 그것에 진절머리가 들 때 언어 바깥에서 정신을 부유케 하고픈 마음이 들곤 한다. 그러나 나는 여전히 방송작가. 나의 언어는 얼마나 제대로 서있나.

방송을 준비하는 과정에서 빠질 수 없는 것이 자막이다. 예를 들어 인터뷰 영상이 있다 치자. 출연자의 말을 그대로 문장으로 쓰는 말 자막도 있지만, 중언부언 말이 길거나 임팩트가 필요할 때 상황 자막을 쓰기도 한다. 상황 자막을 쓴다는 것은 출연자 한 사람의 말을 모두의 언어로 바꾸는 일이다. 일물일어설—物—語說. '하나의 사물에는 하나의 명사만이 존재한다'고 했던 플로베르의 말을 기억하며, 출연자의 말에 가장 어울리는 하나의 표현을 찾아 골몰하는 일은 작가로서 자부심도 느끼고 꽤 재미도 있다.

　문제는 정리된 자막을 CG팀에 넘기면서 일어난다. 자막이란 디자인의 영역. 프로그램 성격에 맞게 애초에 자막 디자인을 잡고 시작하지만, 재미나 감동 포인트를 살리기 위해 전에 없던 디자인을 만들어야 할 때도 있다. 그런 것을 요청할 때 참고하라며 자막 옆에 조심스레 써넣는다. '옛날 느낌', '귀엽게', '진지한 톤' 등. 사실 이 정도면 양반이다. 어떤 것들을 적어서 보냈는지 뒤적여 보니, '중국 소림사 느낌'이라느니, '오락실 느낌', '출발 느낌'까지……. 엄청 구체적인 척하지만 디자인적으로는 막연하기 그지없는 표현들이다. 그럴 때 작가는 전화를 받는다. "저어, 작가님. 출발 느낌이 어떤 거죠?" 그도 아니면 홀로 '출발 느낌'을 구글링하는 분도 있다. 각자의 이미지가 '달리기 출발선'과 '김동률의 출발'만큼 다를 때, 제작은 늦어진다.

　오디오 후반 작업을 의뢰할 때도 마찬가지다. '이 부분 오디오 살려주세요' 혹은 '죽여주세요'라는 표현이 문서에 남발하는 것을 보고 있으면 '다른 표현은 없나' 한숨이 나오는데, 어쩐지 '낮춰주세요'보다는 '죽여주세요'가 더 확실한 요청으로 느껴져 바꾸지 못하고 있다.

누군가의 말이 되는 글과, 누군가의 글이 되는 말을 잘 표현하는 일이 나의 일이기에, 언어적 표현을 골몰하며 생긴 한 가지 버릇이 있다. 가급적 대명사를 쓰지 않는 것. 정확하게 말하면 대명사에 지지 않는 것이다.

한때 '한국어 사용자 간 통역으로 먹고사는 분' 이야기가 유명했다. 맥락도 영문도 없이 모든 문장을 "있잖아, 그거, 거기, 그때, 걔"로 구사하는 임원. 그리고 그런 임원의 말을 "잠실 △△사 사람들과 먹었던 ××집 말씀이세요?"라며 정확히 뚫고 들어오는 직원. 그리하여 '한국어 사용자 간 통역, 한국의 설리반'이 탄생했다는 이야기였다.

나나 지인들도 대명사가 입에서 튀어나오는 일이 많아졌다. 기억력 감퇴 때문이겠거니 하면서도, 문장에 대명사가 많으면 어쩐지 그냥 지나치질 못한다. "그것 좀 이쪽으로"처럼 눈에 보이는 상황이면 인정. "그때 거기, 걔랑 갔을 때 있잖아"라고 말하면 대충 어떤 상황을 이야기하는지 알면서도 일부러 모른 척한다. "그때 언제? 거기는 어디고 걔는 누군데?" 콕 집어 물으며 그 자리를 컬러풀한 명사로 채우도록 기다린다. 뇌 어딘가에 분명 있는데, 도무지 낚이지 않아 미간을 찌푸리며 기억을 짜내는 사람의 표정을 보고 있으면 왜 그리도 신이 나는지. "조금만 더 생각해 봐! 힌트 줄까? 세 글잔데?"

　나도 특정 단어가 생각이 나지 않을 때가 있다. 가장 쉬운 방법은 검색을 하는 것이지만, 가끔 다른 방법을 쓰기도 한다. 내가 떠올리고자 하는 단어와 관련된 것들을 종이에 적는 방법이다. 얼마 전에는 '재봉틀'이라는 단어가 생각이 나지 않아서 헤맸는데, 노트에 '실', '할머니', '윤전기', '물레' 등등을 적기 시작했더니 이내 떠올랐다. 윤전기는 왜 나왔나 싶지만, 그러면서 떠올리고자 하는 단어에 조금씩 조금씩 가까워진다. 단어를 포위하는 것이다.
　'내가 그의 이름을 불러주었을 때 그는 나에게로 와서

꽃이 되었'듯, 정확한 단어로 상대나 대상을 표현하는 일은 세상에 예의를 갖추는 느낌이 든다. 잊지 않았다고, 기억하고 있다고, 또렷한 존재로 나에게 남아있다는 증표 같은 것이다.

엄마와 함께 갔던 첫 해외 여행지는 중국 상해였다. 나는 매일 저녁 엄마에게 오늘 하루 중 가장 좋았던 곳이 어디였는지 물었고, 엄마는 낯선 지명 때문인지 쉬이 답하지 못했다. 그리고 마지막 밤, 엄마는 장고 끝에 "동방신기, 거기 너무 무섭고 좋더라!"고 외쳤다. 엄마, 정답은 동방명주야. 이제 영원히 동방신기와 동방명주는 못 잊게 됐다.

내가 일하는 첫 번째 이유가 돈 때문이고, 두 번째 이유가 자기만족이라고 한다면, 그 자기만족은 구체적으로 어디에서 오는지 생각한다. 보다 간결한 구성과 문장으로 보다 많은 사람들을 이해시키는 일. 그러한 이해가 선행된 다음 사람들이 어떤 표정을 짓고 어떤 행동을 하는 것이 좋은가 하면, 당연히 웃을 때다. 사람의 하루나 일생에는 웃음의 총량이 있다고 믿는데, 그 웃음이 조소가 아닌 함박웃음으로 채워지길 바란다. 구체적인 단어와 분명한 이유로, 해상도 높은 웃음을 짓게 하는 일. 이 정도면 앞으로도 기꺼이 표현의 숲을 헤맬 이유가 충분하다.

그해 여름, 긴 뜀박질 후 물을 찾듯 서둘러 달려간 곳은 강원도였다. 강원도까지 가야 했던 이유는 단 하나, 번지점프였다.

라디오 시사 프로그램을 해내느라 하루도 긴장을 놓을 수 없는 날들이었다. 월요일부터 금요일까지 매일 저녁 6시, 다섯 명의 패널을 연결해 당일 시사 이슈를 이야기하는 프로그램이었는데, 한 명의 고정 패널을 제외하고는 매일 새로운 사람을 섭외해야 했다. 프로그램에 자신의 이름을 걸고 있어 특히 큰 애착을 보였던 진행자가 많은 부분을 도와주었지만, 기다렸다는 듯 터지는 이슈에 맞춰 매번 새로운 패널을 섭외해야 하는 일은 결코 쉽지 않았다. 전날 미리 한두 명을 섭외해 놓는 날은 운이 좋은 편이었다. 운이 나쁜 날은 20통, 30통, 쉼 없이 전화를 돌리고도 섭외를 하지 못했다. 오전에 섭외를 다 마쳐야 그래도 마음 편히 점심을 먹고 오후에 원고를 쓰는데, 보통은 밥을 씹으면서도 전화기만 쳐다보는 날이 더 많았다. '출연할게요, 질문지 보내주세요'라는 답을 기다리면서.

　　나로호 발사 아이템을 다루던 날도 그랬다. 우리나라 최초의 우주발사체였던 만큼 사회적으로 관심이 높았고, 모든 방송사에서 나로호 아이템을 다뤘다. 아침부터 저녁까지 AM라디오의 모든 프로그램에서 나로호 이야기를 했고, 그만큼 패널 섭외도 치열했다.
　　한국항공우주연구원, 카이스트, 산업연구원……. 나로호 발사 성공이 갖는 의미부터 우주산업 효과까지, 할 이야기는 많았지만 사람이 없었다. 나로호와 직접 관계된 사람들은 전남 고흥에서 각자의 업무를 수행해야 했고, 관련 전문가 가운데 이름난 사람들은 이미 TV 출연을 약속한 후였다. 그렇다고 나로호 아이템을 하지 않는 것도 시사 프로그램으로선 직무유기였으니까, 어떻게든 매달리는 수밖에 없었다.

2009년 8월 19일, 나로호 첫 발사 예정일이 다가왔다. 발사 예정 시간은 5시, 방송은 6시. 국가의 온 역량이 동원된 일에 실패의 가능성을 집어넣는 것이 불경스럽기는 했지만 그래도 2안이 필요했다. 발사에 성공했을 경우, 실패했을 경우로 나눠 질문지를 따로 짰다. 오프닝, 클로징 원고는 발사 상황을 보고 5시에 쓸 참이었다. 이날 나로호는 발사 7분 56초를 앞두고 중지 결정을 내렸다. 하지만 방송은 중지할 수 없었다. '성공' 쪽에 있던 추를 '연기' 쪽으로 옮겨 원고 전체를 고치느라 진이 빠졌다.

그리고 엿새 후인 8월 25일, 나로호는 다시 발사대에 올랐다. 엿새 전과 다름없이 여러 경우의 수를 생각해야 했다. '왜 하필 5시인가' 원망 끝에 이 모든 것이 기상 조건, 우주물체의 위치 현황, 발사 위치, 위성 궤도 등 발사 가능 시간대를 사전 계산한 데 따른 것이라는 것도 알게 되었다. 그래, 나로호는 죄가 없다.

그날 나로호는 무사히 이륙했고, 나 역시도 이승에서 이륙할 것만 같았다. 수없이 고쳐 쓴 질문지와 원고, 바쁘다며 거절하는 사람의 바짓가랑이를 붙잡으며 차곡차곡 쌓인 자괴감, 출연해 준 패널을 향해서는 고마움과 민망함이 동시에 밀려왔고, 그동안 쏟아부은 시간은 허무함으로 돌아왔다. 스트레스가 눈앞에 일렁이며 만져질 듯 보일 지경이었다. '이대로는 안 돼'라는 생각을 할 겨를도 없이, 나는 토하고 있었다.

그렇게 달려간 강원도에는 TV로 자주 보아오던 번지점프 명소가 있었다. 강원도 인제군 내린천에 있는, 우리나라에서 가장 높은 번지점프대가 있는 곳. 망설일 게 없었다. '앵클'과 '바디' 사이에서 잠시 머뭇대긴 했지만, '바디'가 조금 더 저렴했으므로 결정이 쉬웠다. 발목 대신 허리에 줄을 묶고 "번지!" 소리와 함께 뛰어내렸다.

나로호 너는 날아올라라, 나는 떨어진다. 상승과 하강이 주는 짜릿함을 온몸에 새기면서, '이것이 강원도의 힘인가' 농담도 할 만큼 나는 순식간에 회복되었다.

왜 번지점프였을까. 여기에서 저기로 뛰어내리며 스트레스가 나의 낙하 속도를 따라오지 못했으면 하는 마음이었을까. 덩굴처럼 얽혀 도저히 풀 수 없을 것 같은 그간의 사연들을 통째로 끊어내고 싶은 마음이었을까.

하나는 분명했다. 앞서 겪은 섭외의 지난함과 불확실성이 주는 스트레스 말고는 뭐든 견딜 수 있을 것 같은 마음. 말하자면 이 스트레스에서 저 스트레스로 포인트를 옮겨가는 작전이었다.

'줄이 끊어지면 어떡하지? 재수 없어서 저 바위에 부딪히면 어떡하지? 물에 빠지면 어떡하지……?' 어쩌면 죽을 수도 있는 이 위험한 레포츠에 기꺼이 서약서를 내밀며, 다른 종류의 불안에 직면하기로 마음먹었다. 번지점프가 가진 수많은 경우의 수 앞에 불안해하면서도, 앞서 겪은 일들보다 낫지 않겠냐는 이상한 긍정의 기운이 올라오기 시작했다. 그리고 번지. 한 번의 수직 하강과 두어 번의 반동 끝에 나는 무사히 다시 땅에 발을 디뎠다.

번지, 아무것도 아니네.

고난과 불행을 사서 하라는 말은 아니지만, 그 시간이 주는 장점은 반드시 하나쯤 있다. 어떤 도전이라도 할 수 있겠다는 턱없는 용기가 생기기도 하고, 다음에는 조금 더 수월하게 해낼 수 있겠다는 노하우가 생기기도 한다. 그도 아니면 '아닌 건 아니구나' 답을 내릴 수 있게 해준다.

번지점프 한 번으로 단호히 끊어내고 싶었던 그간의 스트레스는 이후에도 몇 번이고 나를 다시 찾아왔다. 그럼에도 번지점프 이전과 이후의 나는 분명히 달라져 있어서, 예전만큼 도망가고 싶다는 기분은 들지 않았다. '심연을 오랫동안 들여다보면 심연 또한 나를 들여다본다'고 다들 조심하라고 말하지만, 이 심연에서 저 심연으로 옮겨 다니는 방법도 있다. 하나의 심연에 지나치게 빠지지 않도록 다른

심연에도 관심을 두는 것이다. 그날 번지점프를 하면서 나
는 내린천에 무언가를 두고 온 것이 분명하다.

　밤 10시부터 12시까지 진행되는 라디오 음악 프로그램
을 할 때, 스태프라고는 DJ를 맡은 선배와 나, 두 사람뿐이
었다. 선배는 음악에 대해 넓고 깊게 알았고 믹싱도 가능해
PD들이 개편 때마다 시그널이며 브리지 음악을 맡길 정도
였다. 여기에 밤 10시 심야 생방송이라는 특성 때문에 담당
PD는 이름만 걸어놓고 방송 때는 대부분 나타나지 않았기
때문에, 광안대교 위로 별이 총총히 빛나던 그 시간 방송국
에서 이야기 나눌 사람이라고는 선배밖에 없었다. 작가인

나는 실시간으로 올라오는 문자를 추리고 당첨자를 골라 선배에게 전달하는 역할을 했는데, 구조상 스튜디오 안에 앉아있는 것이 일하기에 쉬웠다. 말하자면 생방송 2시간 내내 선배와 스튜디오 안에 함께 있는 구조였던 것이다.

어느 날 방송을 앞둔 시간, 나는 그날따라 기분이 매우 좋지 않았다. 당시 만나던 사람과 '이 사람을 계속 만나야 하는가'를 두고 심경 변화가 큰 날들이었고, 그날은 내 안의 갈등이 극에 달했던 것이었다. 너덜너덜해진 마음을 추슬러 어찌어찌 원고는 썼지만, 결국 온에어를 앞두고 나는 선배 앞에서 울고 말았다. 9시 50분쯤이었을 것이다. 늘 그랬듯 선배가 싸온 요거트 음료를 나눠 마시다가, 내 표정을 보고는 선배가 "무슨 일 있어?"라고 딱 한 마디 했는데 냅다 울음이 터져버렸다.

곧 방송이 시작되는데, 혹시나 꺼이꺼이 울게 될까 봐 스튜디오 밖으로 나갔다. 오프닝 멘트를 마치고 전 광고가 나가는 사이, 선배는 나에게 문자로 '힘들면 먼저 들어가'

라고 했고, 나는 남 앞에서 눈물을 보였다는 부끄러움에 고개만 몇 번 주억거리다 그 길로 퇴근을 해버렸다.

다음 날, 어떤 표정으로 선배를 보아야 할까 걱정이 되기 시작했다. 어제는 금방이라도 세상 아래로 꺼져버릴 것처럼 침통하게 굴다가 하루 만에 생글생글 웃는 낯을 한다는 게 참으로 멋쩍었다. 어제의 내가 사적인 일과 감정에 휘둘려 일도 내팽개치고 간 아마추어라는 사실도 못내 괴로웠고, 그만큼 부끄러움을 느끼고 있다는 걸 선배에게 은근슬쩍 보여주고 싶은 마음도 있었다. 그러려면 어제와 비슷한 표정을 지어야겠지. 선배가 '어제 무슨 일이었냐'고 물어볼 테고 그러면 대답도 해야 하니까, 헤어지니 마니 하는 이야기를 웃으면서 할 수는 없으니까.

하지만 긴장할 필요가 없었던 것이, 그날 선배는 나에게 아무것도 묻지 않았다. 그저 평소와 다름없이 다정하게 음료를 건넸고, 아이와 보낸 오후를 이야기했고, 문자가 많이 왔냐고 물었다.

선배는 원래 어른스러운 사람이기도 했지만 그날따라 더욱 어른처럼 보였는데, 어제의 일에 대해 질문하지 않으면서도 나를 걱정하고 있음이 자연스럽게 드러났기 때문이다. 어제의 일에 대해 질문하지 않는 것이 나라는 타인에게 크게 관심이 없어서라고 생각할 수도 있겠지만, 그동안 선배가 보여준 사려와 배려에 근거하면 결코 그런 것은 아니었다. 선배는 침묵을 지키면서도 나를 방관하지 않았고, 그것만으로도 내게 선배는 충분히 어른이었다.

방송국은 호기심 천국이다. 실제로 인간이나 세상에 호기심을 갖지 않으면 아이템 찾기도 어렵고, 질문에서 비롯되는 구성안도 쓰기 어렵다. 그래서 호기심이 나쁜 것이라고 생각해 본 적이 없는데, 일 바깥에서는 호기심이 죄가 되는 경우도 본다. 왜 헤어졌냐, 결혼한 게 언젠데 왜 아이를 안 가지냐, 안 생기냐, 여드름이 왜 이렇게 많이 났냐, 공무원 시험 본다더니 어떻게 됐냐, 왜 그 동네 아파트를 샀냐······.

가장 괴로운 사람은 그 누구도 아닌 당사자임을 다 알면서도 굳이 따지고 물어보는 그 심보. 호기심보다 중요한 무언가가 있다는 걸 잊고 있는 사람들이 꼭 있다. 때로 질문은 상대를 향해 있지 않을 때가 많아서, 질문하는 이가 이미 해답을 알고 있거나, 듣고 싶은 답이 정해져 있는 경우도 있다.

기업을 잘 일궈낸 어느 대표가 들려준 이야기가 있다. "사람들이 나한테 어떻게 하면 일본어를 그렇게 잘하냐고 물어봐요. 그럼 거꾸로 내가 물어보죠. '잘하고 싶어요? 정말 잘하고 싶어? 정말?' 세 번 물어보고 얘기해 줘요. 열심히 하라고." 어학에 왕도가 어디 있을까. 그걸 알면서도 사람들이 덧없는 질문을 하니, 그저 그의 진심을 스스로 확인시켜 주는 방법밖에는, 그리고 "열심히 하라"는 말을 덧붙이는 것밖에 할 수 없다는 이야기였다.

신기한 것은, 그날 선배가 그렇게 아무것도 질문하지 않음으로써 내가 셀프로 질문하고 답변하며 스스로 결론을 도출해 냈다는 것이었다. '어제 내가 운 이유는 뭐였지, 이런 종류의 감정 소모는 하고 싶지 않은데, 내가 이렇게 무너져야 할 만큼 그 사람이 소중한가, 이 감정의 정체는 뭐지.' 선배가 질문하지 않은 덕에 나는 스스로 여러 개의 질문을 던졌고, 예상보다 빠르게 결론에 도달할 수 있었다.

아마 선배가 보통의 누군가처럼 "어젠 왜 울었어? 남자 친구랑 헤어졌어? 왜?"라고 3연타 질문을 던졌다면 나는 대답에 걸치레까지 하느라 진짜 내 감정을 헤아리기가 어려웠을 것이다. 그때 깨달았다. 질문이란 나를 향하는 것이 좋다고. "왜?"라는 질문은 나를 향할 때 가치가 있다고.

쉽게 질문하지 않고 넘겨 짐작하지도 않으면서 동시에 상대의 마음을 헤아리는 데는, 질문하고 지레짐작하는 것 이상의 힘이 든다. 무례하게 제멋대로 행동하는 것과 예의를 갖추는 것 중 어느 쪽에 더 머리를 써야 하는지 생각해 보면 알 수 있다. 그날의 경험이 있고 난 뒤 '내 호기심이 상대에게는 어떻게 느껴질까' 생각해 보는 수준은 되었지만, 질문하지 않는 빈자리는 아직 침묵이 대신하고 있다. 그

자리에 자연스러운 배려와 애티튜드가 자리 잡는 날, 나는
어른이 됐다고 말할 수 있을 것이다.

문방구에 두고 온 것

어린 시절, 나는 갖고 싶은 것을 쉽게 말하지 못하는 아이였다. 생각나는 장면 가운데 하나는 또래 사촌들과 작은 외삼촌 손을 잡고 문방구에 갔던 기억이다. 이제 막 사회인이 된 그는 하나씩 선물을 사주겠다며 아이 넷을 이끌고 문방구로 갔다.

"갖고 싶은 것 마음껏 골라!"

남자아이들이 무엇을 골랐는지는 기억나지 않는다. 오

직 기억나는 것은 나보다 세 살 어린 사촌 동생은 인형을 골랐다는 것이고, 나는 인형 옷을 골랐다는 것이다. 인형이 아니라 인형 옷. 외삼촌이 보기에 고만고만해 보이는 여자아이들 중 하나는 인형을 고르고 하나는 인형 옷을 고르는 것이 이상했던지, 외삼촌은 나에게 "왜, 인형을 안 사고"라며 인형을 권했지만 나는 굳이 굳이 "괜찮아요" 말했던 것으로 기억한다.

문방구로 가는 내내 나는 생각했을 것이다. 외삼촌은 어른이긴 하지만 이제 막 돈을 벌기 시작했고, 함께 간 어린이가 네 명이나 되니 하나씩만 골라도 그게 다 얼마일까, 하고. 네 명의 어린이 중에 나는 위에서 두 번째로 나이가 많았으므로 조금은 어엿할 필요가 있었고, 그런 어엿함을 드러내는 방법 중 하나는 갖고 싶은 것을 참을 줄 아는 것이었을 테니까.

그랬다. 나도 당연히 인형이 갖고 싶었다. 아니, 그보다는 "나도 인형 살래요"라고 말하고 싶었다. 새 인형을 갖는 것 이상으로, 내가 원하는 것을 거리낌 없이 '표현'하고 싶었다. 일고여덟 나이에 느꼈던 오래된 감정을 기억하는 이유는, 옆에서 해사한 얼굴로 인형을 고르는 사촌 동생을 보며 그 거리낌 없음을 부러워했던 마음이 여전히 남아있기 때문이다.

그 애는 이전에도 이후에도 언제나 솔직한 말과 표현으로 나를 놀라게 했다. 당시 유행하던 TV 프로그램을 따라 한답시고 여럿이 작당해서 그 애를 속이고 깜짝 놀라게 했을 때, 그 애는 울거나 무서워하는 대신 "이런 건 기분이 나쁘다"고 말할 줄 알았다. 마음에 드는 것을 마음에 든다고, 마음에 들지 않는 것을 마음에 들지 않는다고 말할 수 있는 것. 갖고 싶었던 것이 주어질 때 두려워하지 않고 받아들일 수 있는 것. 자신감이 넘친다거나 직설적이라는 말로는 다 설명할 수 없는, 타고난 맑은 공기가 늘 그의 주변에 있었다. 그 애에게는 한없이 자연스러운 행동이, 그때의 내게는 한없이 용기가 필요한 일이었다. 인형 하나 못 사줄 만큼 집안 사정이 어려운 편도 아니었는데, 나는 내가 원하는 것을 말하는 일 앞에서 유독 겁을 먹었다.

그날 문방구에서의 장면을 돌이켜 보면 큰맘 먹고 조카들 손을 잡고 나섰을 외삼촌의 표정이 떠오른다. 당신이 직접 번 돈으로 조카들을 기쁘게 해주는 일에 들떴을 새파란 남자. 그런 그에게 인형 옷 한 벌을 겨우 고르며 '이거면 됐다'는 조카는 어떻게 느껴졌을까. 그가 내게 여러 번 기회를 주었음에도 나는 그 기회를 받지 않았고, 그것은 결국 '뭐든지 다 해주고픈' 외삼촌의 마음에서 기회를 빼앗은 일이 돼버렸다.

이후로도 비슷한 일은 많았다. 나까지 갖겠다고 덤벼들면 저 사람이 힘들어질 것 같아서, 나까지 의견을 내면 이 일이 끝나지 않을 것 같아서, 그래서 마음을 속이는 일에도 익숙해졌다. 아주 가까운 사람이 아니고서는 이렇다 할 성격을 내보이지 않고, 있는 듯 없는 듯.

그는 어땠을까. 나는 그의 돈을 아껴주었다고 생각했지만 실은 그가 행복해질 수 있는 기회를 빼앗은 것일 수도 있다. 나조차 딱히 원하지 않았던 어떤 것을 고름으로

써 내가 얻은 것은 무엇이었을까.

　모두가 돌아간 뒤 낡은 인형에 새 옷을 입혀주며 '이 정도면 예쁘네……' 무던한 척 앉아있었을 일고여덟 살의 나에게, 그 아쉬움은 생각보다 길게 길게 가더라는 이야기를 해주고 싶다.

그럴 확률

아침에 눈을 뜨는데 유난히 눈꺼풀이 올라가는 속도가 느리게 느껴졌다. 끔뻑끔뻑 눈을 감았다 뜨길 반복하는데 눈꺼풀 안에 뭔가 있는 느낌이다. 거울을 보자 어제와는 다른 색의 흰자위가 보였다. 누렇게 퉁퉁 불어있는 흰자위. 상한 달걀처럼.

안과에 갔더니 결막부종이라고 했다. 결막부종은 그때 처음 들어봤는데, 안구 흰자위를 감싸고 있는 구결막이 부풀어 올라 물집이 잡힌 것이었다. 다행히 눈동자까지는 번지지 않아 안연고와 안약을 처방받아 나왔다.

　그때 정신없이 바쁘긴 했다. TV 프로그램 두 개에 양다리를 걸치고 있었던 때라 돌아서면 섭외, 돌아서면 촬영, 돌아서면 원고와 자막에 매여 노트북에서 한시도 눈을 뗄 수가 없었다. 만병의 근원 과로와 스트레스가 내 눈을 종착지로 정했으니 이쯤에서 받아들여야지, 안약을 넣으며 생각했다. 내가 무슨 부귀영화를 누리겠다고, 쉬엄쉬엄하자는 생각도 함께 짜 넣었다.

　종이에 살이 베이면 얼마나 아프고 쓰라린지, 한 번이라도 베여본 사람이라면 알 것이다. 종이라는 물질은 현미경으로 보면 섬유질이 불규칙하게 쌓여 단면이 매우 거칠고, 살을 베면서 그 섬유질이 상처에 남아 칼에 베였을 때보다 훨씬 아프고 쓰라리다는 것이 과학적인 설명이다. 우리는 프린트물을 정리하며, 책장을 넘기며, 대개 손으로 종이를 만지게 된다. 하필 손에는 온갖 감각세포가 밀집되어 있어 손에 상처가 나면 더욱 아프게 느껴지는데 이것이

학계에 보고 가능한 수준의 '종이에 베이면 더 아픈 이유' 일 것이다. 그도 아니면, 일하다 베였기 때문에 더 쓰라림이 깊은 것일지도 모른다. 일하는 것도 지긋지긋한데 하찮은 종이에 베이기까지 하다니, 분풀이할 데라고는 자신밖에 없는 상황이 억울함을 더한다.

　반찬을 만들다가 손을 베였다고 남편에게 보여주면 "으구, 조심해야지"라는 말이 돌아오곤 했다. 그 말을 들을 때마다 어쩐지 억울했는데, 첫째는 내가 다치고 싶어서 다친 게 아니었고, 둘째는 내가 당신보다 칼에 베일 확률이 높다는 것을 매번 설명하기 어려워서였다.

　가사 분담을 하고 있지만 그래도 부엌에 서있는 시간은 내가 압도적으로 많다. 부엌에서 뭔가를 만들다 보면 칼을 쓸 수밖에 없고 자연히 칼에 베이거나 다칠 확률도 높아진다. 칼을 자주 쥐는 사람일수록 칼에 베일 확률이 높고 종이를 자주 만지는 사람일수록 종이에 베일 확률이 높다. 일을 오랫동안 많이 하는 사람은 결막부종이 생길 확률이 높다……. 그런 사람에게 '조심 좀 하지'라는 말은 지금 싸우자는 거나 다름없다. 특히나 상처가 쓰라린 순간이라면 더욱더.

먹고살기 바쁜 사람은 자주 다친다. 자주를 넘어 심하게 다치거나 혹은 죽음까지 이르는 순간을, 우리는 뉴스를 통해 자주 목격한다.

건설 현장에서 통용되는 '돈내기'라는 용어가 있다. '돈내기'는 '9시부터 6시까지 100개의 벽돌을 쌓으면 돈을 주겠소'가 아니라 '100개의 벽돌을 가능한 빨리 쌓으면 돈을 주거나 일찍 퇴근시켜 주겠소'를 뜻한다. 빨리 일하면 빨리 퇴근할 수 있고, 그러면 또 다른 일을 하러 갈 수 있으므로 돈을 더 벌 수 있다. 이런 초조한 희망을 품고 작업자들은 정량을 넘겨 두 배 세 배의 벽돌을 어깨에 짊어진다. 한층 무거워진 어깨로 잰걸음을 걷다 보면 주변의 위험물을 놓치기 쉽다. 넘어지고, 깔리고, 떨어지고, 생을 커다랗게 베이고 마는 사람들에게 '조심 좀 하지'라는 말을 쉽게 해도 되는 걸까.

열심히 살수록 사고 당할 확률이 높아진다는 것은 아무래도 공공연한 비밀인 것 같다. 나 또한 쉬었으면 아무렇지 않았을 텐데 조금 더 벌겠다고 프로그램 두 개를 손에 쥐고 결막부종에 걸릴 높은 확률 속으로 걸어 들어가고야 말았다.

적어도 다쳤거나 아플 때 자책은 하지 말자고 생각한다. 덜렁댈 때 알아봤다느니, 평소에도 부주의했다느니, 그런 말까지 내 것으로 만들 필요는 없다. 내가 어떤 확률 게임 위에 놓여있는지 앞길을 주시하게 된다는 것만으로도 어제의 상처는 가치가 있다.

고등학교 체육 시간. 조별 과제인 에어로빅 테스트 날이었다. 음악이 끝나자마자 체육 선생님이 나를 향해 외쳤다. "너는 좀 흐느적흐느적하네. 옆에 친구는 힘이 넘치는데. 너무 비교돼!"

'예? 그럴 리가요? 진짜 안간힘을 다했는데요? 아니 그보다 음악과 함께 즐겼다구요. 저의 신바람을 못 보셨나요? 더 이상 어떻게 파이팅 있게 하나요?'

체육 선생님에게 직접 말하진 못했지만, 마음속에서는 억울함이 메아리쳤다. 그 무대로 말할 것 같으면 과제가 주어진 후 친구 집에서 합숙까지 해가며 안무를 짜고, 집 안의 거울을 보며 연습에 또 연습을 해가며 완성한 무대였다. 내 동작을 보며 스스로 '음, 꽤 괜찮아' 생각까지 했는데 흐느적흐느적 힘이 없다니.

그로부터 얼마 후 축제 진행자를 뽑는 자리에서 내 목소리와 말투를 객관적으로 들어보며 정확히 알게 되었다. '아, 나는 기운이 약하구나. 흥, 열정, 텐션이라 말할 수 있는 것들이 내 안에는 너무나 적구나. 아니, 그런 것들이 표출되는 과정에서 어느 회로 하나가 고장이 난 것일까?' 나는 최선을 다해 표현한다고 했는데 남과 비교해 보니 턱도 없는 수준인 것을 알았을 때 내심 큰 충격이었다. 충격받았다는 사실도 길길이 표현하지 못하고 혼자 시무룩했던 것도 기억이 난다.

"참 차분하시네요"라는 말을 몇 번이고 들었다. 상대가 무엇을 말하고 어떤 행동을 해도 크게 동요가 없는 탓이다. 보다 정확히 말하면 마음속으로는 10 정도 동요했다면, 그것이 표정과 몸짓, 말로 표출되는 과정에서 5 정도로 깎이는 빠른 반감기를 가진 사람인 것이다.

　내가 입을 떼고 몸을 움직이는 순간, 전에 없던 고요함이 주변을 감싸며 분위기가 처지는 경험도 몇 번 해봤다. 그래서 말 한마디에도 생기가 느껴지는 사람, 1시간 이상의 만남에서도 팽팽하게 또랑또랑한 사람을 보면 '저 사람의 에너지는 어디서 왔을까' 연구부터 하고 본다. 진심으로 부러운 것이다.

　타고 나기도 했지만, 살아온 시간도 한몫했다 생각한다. 뭐든 참아야 하고 표현은 일기장에나 하는 거라고, 1983년생은 그렇게 배웠다. 친구가 나를 학급위원 후보로 지목해 주었을 때 얼마나 으쓱했는지, 하지만 실제로 으쓱하면 얼마나 재수 없는지, 스스로 검열이 심했다. 백일장에서 상을 받고도 대수롭지 않은 일인 듯 짐짓 아무렇지 않게 행동하던 청소년기를 지나고 나니, 어느새 기쁨을 표현할 줄 모르는 사람이 되어있었다.

   답지 않게 채신머리를 챙기며 허세 부리던 청소년은
그대로 어른이 되어 누군가를 칭찬하고 띄워주는 데도 하
등 재능이 없는 사람으로 자랐다. 그 누군가는 내가 되기
도 하는데, 함께 만든 프로그램이 상을 받고 영광을 누릴
때에도 남의 일 보는 듯했던 적이 많다.

   당연히 기뻤다. 그 기쁨을 어떻게 표현해야 할지 몰랐
을 뿐. 함께 작업했던 스태프에게 '고생했다'는 한 마디를
전하고, 그걸로 끝이다. 그 와중에 "다음 주 방송은 어떻게
하죠?"라며 초를 쳤던 기억도 많다. 좋은 일 자체의 기쁨을
온전히 누리지 못하고, 아직 일어나지도 않은 일을 당겨와
서둘러 행복의 불씨를 진화한다. 저 행복의 불길 속에 나
만 엉기지 못하면 어떡할까 두려워서, 다들 비슷한 온도로
뜨거운데 나만 오들오들 전전긍긍하면서, 지레 찬물을 끼
얹고 마는 것이다.

   이래도 흥, 저래도 흥, 쿨한 척 돌아서 버린 일들 사이

로 아쉬움이 촘촘하다. 잘했다는 한 마디 더 해줄 걸, 내가 푼수처럼 보이는 그게 다 뭐라고, 마음을 다해 추켜세워줄 것을. 그런 것이 누군가를 자라게 한다는 걸 스스로가 가장 잘 알고 있으면서, 정작 그러지 못한 순간들이 생각난다.

그나마 다행인 것은 나의 표현 회로 어딘가가 고장 났다는 것을 인식하고 난 뒤부터 언어에 목숨을 걸기 시작했다는 점이다. 좋은 일이 있어도 남들만큼 방방 뛰지 못할 바에는 아예 뛰는 일은 관두고, 말을 하고 글을 쓰는 쪽으로 에너지의 축을 옮겼다. 남들과는 조금 다른 단어나 표현으로 감정을 드러내는 꼼수를 부리고 있다는 걸 남들이 알까, 궁금하기도 하고 두렵기도 하다.

2부

당신이라는 세계

1

울
면
서

보
내
기

전
에

MBTI가 성행하기 전부터 나는 내 성격을 잘 알고 있었다. 그러고 싶지 않은데 어느 순간 자연스럽게 발현되는 행동과 마음을 숱하게 자각하며, 버려지지 않는 태생적 본능에 일찍부터 눈떴다. 그래서 MBTI 유형이 무엇이냐면, '주변으로부터 가장 인기 없는 타입'이라는 해설을 본 뒤로는 밝히지 않는다.

'어쩌자고 이러냐' 싶을 정도로 강렬하게 발현되는 특징 중 하나는, 일단 내 영역 안에 들어온 것은 잘 놓지 못한다는 것이다. 놓아주거나, 버리거나, 떠나보내는 일 모든 것이 어렵다. 돈이 그렇고, 일도 그렇고, 물건도 그렇다. 어떻게든 아등바등 지켜내고 해내는 데 에너지를 쏟고 만다. 새로운 것보다는 익숙한 것이 좋고, 그 익숙한 것이 마르고 닳을 때까지 내 것으로 안고 있는 편이다.

　대부분은 가지고 있을 때는 문제가 되지 않는다. 문제는 그것이 사라졌을 때다.

　우산이라도 하나 잃어버렸다 치자. 찝찝한 기분으로 눈을 뜨고, 우산이 있었던 자리를 보고, 스스로를 자책하는 수레바퀴가 일주일 내내 머릿속에서 돌아간다. 그날 그 우산을 가지고 나가지 않았더라면, 이어폰을 꽂고 있지 않았다면, 조금만 정신을 차렸더라면……. 아니, 차라리 그 우산을 사지 않았더라면.

　자주 쓰거나 좋아하는 물건이 아니어도 떠나보내기 어려운 건 마찬가지라서, 쓰지도 버리지도 못하는 물건들을 보며 심난해할 때도 많다. 이런 수레바퀴 속에서 더 이상

멀미를 느끼기 싫어서 내가 택한 방법은, 애초부터 물건을 갖지 않는 것이다. 좋아하는 것의 개수를 늘리거나 폭을 넓히지 않고, 보관이나 관리가 어렵겠다 싶으면 아예 갖지를 않는다. 일단 내 손에 들어오면 떠나보낼 때 고통스러우므로, 애초에 손에 들어오지 않도록 애쓰는 것이 삶의 평화를 유지하는 방법이다. 고통스러운 삶보다 재미없는 삶이 훨씬 낫다.

가끔 예상치 못한 선물을 맞닥뜨릴 때도 '음, 쓰지 않을 것 같은데' 싶으면 "마음만 받을게요"라며 에둘러 거절한다. 친한 경우라면 "마음에 안 드는데?"라고 솔직하게 말하기도 한다. 그냥 물건이 오는 것도 힘든데, 누군가의 호의가 담긴 물건이라면 더더욱 신중하게 받아들여야 한다. 호의가 방구석에 처박혀 있다니, 있을 수 없는 일이다. 호의는 활용되어야 한다.

다행히 충동구매 지수가 그리 높지 않고, 고르는 요령이 쌓이면서 물건과의 이별은 큰 문제가 안 되었다. 진짜 문제는 감정이다. 가지고 있음으로써 문제가 되는 감정.

열 살이 조금 넘었을 때, 좋아하던 남자아이가 있었다. 6학년 때까지 친하게 지내다가 그 아이는 남중으로, 나는 여중으로 진학하며 자연스럽게 연락이 끊겼다. 그리고 1년쯤 지났을까, 친구와 간 오락실에서 그 아이가 의자를 집어던지며 누군가와 싸우는 광경을 목격했다. 왼손잡이였지만 나보다 글씨를 더 예쁘게 쓰던 그 애가 왼손으로 의자를 집어던질 때, 마음 안에서 무언가 와장창 무너졌다. 배신감, 실망감, 불안감, 당혹스러움이라 이름 붙일 수 있는 부정적인 감정들이 30년이 지난 지금까지 때때로 가슴을 연소시키는 것을 어떻게 설명해야 할까.

살다 보면 좋은 일만 있을 수는 없고 당연히 싫은 상황도 자주 맞닥뜨리게 되는데, 그럴 때마다 느꼈던 나쁜 감정들이 저유조 바닥 기름처럼 마음에 남아있는 것은 꽤나 고통스러운 일이다. 제때 비워내지 못한 감정들은 언제고 비슷한 일을 다시 만났을 때 서로를 순식간에 알아보고 갓

불을 지핀 듯 다시 타오르고 만다. 콘덴싱보일러도 아니고, 감정의 효율이 좋다고 해야 하나.

반대로 좋았던 기억은 또 이야기가 다르다. 좋았던 기억은 그저 하구의 삼각주처럼 마음 저 밑바닥에 아무렇게나 쌓여있어 감정으로까지 연결되는 일이 적고, 있다 하더라도 진폭이 크지 않다. 좋은 감정은 쉽사리 앙코르를 허락하지 않는 편이니 그때그때 누려두는 것이 좋다.

이런 성격이 어떻게 이별과 상실이 숱하게 오가는 방송가에서 프리랜서로 살아올 수 있었는지는 스스로도 미스터리다. 개편이 있을 때마다 하던 프로그램을 타의로 놓아야 하는 경우, 그때마다 겪는 상실감과 허탈함을 어떻게 견뎌온 것인지 잘 모르겠다.

다만 물건을 대할 때와 마찬가지로 '점점 줄여나가는 방법'을 택하기는 했다. 프로그램이든 인간관계든, 언제든 떠날 수 있다는 생각으로 마음을 반만 내어주는 식이다. 이런 방어력이라도 없다면 진짜 떠나야 할 때 내가 어떻게

울지 않을 수 있는지 여전히 방법을 찾지 못했기에. 그러면서 점차 '인기 없는 유형'으로 거듭나는 것이 문제이긴 하지만 말이다.

2

개
명

숫자에 유독 약한 내가 결혼한 해인 2017년과 더불어 유일하게 기억하는 해가 있다. 2007년이다. 한미FTA가 타결됐고, 애플에서 첫 아이폰이 나왔고, 그룹 '원더걸스'와 '소녀시대'가 데뷔하였으며, 작가 커트 보니것과 권정생, 피천득 선생이 세상을 떠난 그해. 지금의 나를 있게 한 대부분의 사건들이 2007년에 일어났고, 어쩔 수 없이 연도를 기억하게 되었다. 그중 하나는 바로 내가 개명을 한 사건이다.

원래는 흔하디흔한 이름이었다. 교실에 같은 이름을 가진 친구가 꼭 한 명은 있는 그런 이름. 어느 해는 담임마저 이름이 같아 담임이 나를 신경 써주기도 안 써주기도 애매한 1년을 보내며 시간이 빨리 가기만을 바란 해도 있었다. 그래도 특별히 감정은 없었다. 흔한 만큼 튀지 않았고, 튀지 않았기에 좋아할 이유도 싫어할 이유도 없었다. 이름 끝 글자가 항렬을 따른 것이라 이름을 떠올릴 때면 자연스레 집안 형제들이 떠오른다는 것 정도가 특별하다면 특별하달까.

'이름을 바꿔야겠다' 생각하게 된 것은 생존과 직결된 일이었기 때문이다. 2007년 초여름, 나는 암 선고라는 예상치도 못한 불행과 마주쳐 꽤 오랜 시간을 고전했고, 불행을 겪은 대부분의 사람이 그렇듯 불행의 이유가 알고 싶어졌다.

이름으로 사람의 운명을 따지는 것을 성명학이라고 한다. 나의 불행에 어떤 이유가 있으리라 생각한 나와 가족은 그 범인으로 이름을 지목했다. 여기에는 유구한 시간

동안 사주팔자에 귀를 담가온 엄마의 영향이 지대했다. 평소 같았으면 잔소리로 넘기고 말았을 엄마의 말을 귀담아 들었을 정도니 그때의 나는 정말로 나약해져 있었다.

무릇 이름이란 음양오행과 발음오행, 자원오행, 81수리 등등의 조화를 따져 지어야 한다고, 정보를 얻으려 가입한 '개명 카페'에서 알려주었다. 이름에 우주 만물을 이루는 나무, 불, 흙, 쇠, 물 오행이 잘 어우러져 있는지 보는 것이 음양오행. 한글 이름의 초성을 오행으로 따져보는 것이 발음오행, 한자로 따져보는 것이 자원오행과 81수리라고 했다. 카페에서 유명한 도사님에게 굽신굽신 '제 이름을 뜯어보아 주세요' 글을 올린 뒤 반나절 만에 답글이 올라왔다. 이름 분석은 공짜요, 새 이름 작명비를 지불하는 것이 카페의 암묵적인 룰이었다. 신속하게 영업에 착수한 도사님은 감정이 느껴지지 않는 굴림체로 아래의 청천벽력과 같은 분석을 내놓았다. 당시 일기장에 옮겨둔 기록이다.

'발음오행에 따르면 완고, 고집, 독단, 인덕이 약함, 장

애, 금전적 곤란, 좌절, 재난……. 자원오행에 따르면 반흉
반길, 자립대성, 가정적……. 81수리는 호걸기개, 육친무
덕, 파란곡절, 도로무공, 일엽편주지상…….'

주역 이전부터 존재했다는 성명학의 81수리가 내 이름
이 이렇게나 위험한 것이라고 신호를 보내고 있었다니.
26년간 불려온 이름이 스스로의 운명을 쥐어 패고 있다는
것만으로도 나는 충분히 너덜너덜해졌는데, 그중에서도
가장 마음을 후려 패는 것은 '불용문자가 있다'라는 분석이
었다. 대법원에서는 가족 관계의 등록 등에 관한 법률 제
44조에 따라 '자녀의 이름에는 한글 또는 통상 사용되는
한자를 사용하여야 한다, 통상 사용되는 한자의 범위는 대
법원 규칙으로 정한다'고 적어두었는데, 그 범위에는
8,142개의 한자가 포함되어 있다. 그런데 성명학에서는 이
8,142개의 한자 가운데 상당수를 '불용문자'로 정해놓고 있
다. 뜻이 나쁘거나, 음이 여러 개이거나, 동물이나 사람의
신체를 뜻하거나 등의 이유로 이름에는 절대 써선 안 되는
문자, 예를 들면 귀신 귀, 악할 악, 도적 도 같은. 그 불용문

자 중 하나가 바로 내 이름에 있었다. 항렬로 쓰는 바로 그 자였다.

지금이야 그것이 절대 불용문자가 아님을, 작명가에 따라 적용하는 불용문자가 모두 다르고 귀에 걸면 귀걸이, 코에 걸면 코걸이임을 알고 있지만, 이미 개명으로 팔자를 고쳐보겠다 생각한 사람에게 불용문자의 위력은 대단했다. '불용문자'의 또 다른 이름이 '불길문자'라는 것을 안 뒤부터는 더욱이 생각할 겨를이 없었다. 개명, 개명이 시급했다. 새 이름을 지어야 한다.

선천적으로 좋은 운을 타고난 사람이 좋은 이름을 가지면 더욱 좋은 운으로 발전하고, 선천적으로 조건이 나쁘면 그것을 이름으로 보완하면 된다. 타고난 사주팔자도 시원치 않으니, 지금부터라도 잘해보자. 이름은 공동운명체. 그래, 할 수 있다. 나는 지금보다 나아질 수 있다. 얼마나 다급했던지, 내 이름을 내가 짓기에 이르렀다.

첫 고백이다. 이름을 셀프로 지었다는 사실은 이상하

게 말하기가 어렵다. 엄마 뱃속을 거치지 않고 근본 없이 태어난 사람처럼 느껴지기도 하고, 자의식 과잉 사춘기가 할 법한 일탈처럼 느껴지기도 한다. 태어남과 동시에 주어지는 선물을 걷어차고 내가 원하는 이름대로 살겠다는 선전포고만으로도 충분히 건방진데, 그 이름을 직접 짓는다는 것은 또 얼마나 건방진가.

하지만 2007년의 나는 '행복은 셀프'라 생각했고, 더 이상 뒤를 돌아보기 싫었다. 새로 태어나고 싶었다. 2007년 10월 12일. 직접 지은 새 이름과 직접 쓴 사유서를 가지고 법원으로 향했다. 법원까지 가는 55-1번 버스가 곧장 와서는 '운이 좋으려나' 짐작했다고 당시의 일기에 적혀있다. 다음 날 친구들을 만나 진주유등축제에 놀러가서는 새 이름이 한자로 적힌 도장도 팠다. 난초가 음각으로 새겨진 나무 도장이었다.

그로부터 한 달이 채 지나지 않은 11월 9일. 초인종 소리에 '또 좋은 말씀 전하러 왔겠지' 싶어 없는 척 있다가, 한

참이 지나서야 '아차' 싶어 문을 열었더니 우편물 도착 안
내서가 붙어있는 것이 보였다. 개명 허가서였다. 등기로
도착한 개명 허가서를 찾아 들고, 바로 주민센터로 뛰어가
개명 신고를 했다. 담당 직원은 실제 호적 정정까지는 일
주일이 걸린다고 임시 주민등록증을 내어주며 말했다. 내
가 지은 내 이름이 공문서에 찍혀있었다. 이제 시작인 건
가. 첫걸음을 떼는 기분이 들었다. 기억도 나지 않는 유아
시절 첫걸음의 감격을 스물여섯 나이에 멋대로 체감하며
나는 다시 세상에 나왔다.

  시간이 흐르고 주변에 개명 동료들도 많아졌다. 고등
학생 때 나와 나란히 앉아 수학여행비며 각종 회비를 걷던
친구도 몇 년 전 개명을 했다. 친구는 나와 이름도 비슷했
는데, 예를 들어 내 이름이 '가나'였다면 친구 이름은 '나가'
였으니까, 그야말로 세트였다. 친구의 새 이름은 친구에게
아주 잘 어울린다. 새 이름처럼 느껴지지 않을 정도로 착
붙는다.

미안한 사람도 있다. 그 친구는 대학교 졸업과 동시에 개명을 했고, 주변에 적극적으로 새 이름을 알리며 "많이 불러줘"라고 당부하기까지 했다. 하지만 나는 아무렇지 않게 예전 이름을 불러댔다. K야, K가 어때서? 난 K가 입에 붙었는데? 다정하게 새 이름을 불러주는 다른 친구들 사이에서 나는 얼마나 잔인한 인간이었을지. 그로부터 2년 뒤 다가올 운명의 그림자는 상상도 못한 채, 나는 한참 동안 친구의 옛 이름을 입에 올렸다. 옛 이름을 들을 때마다 벌거벗은 기분이 든다는 걸, 두세 음절만으로 잊고 싶은 과거에 강제로 소환된다는 걸, 내가 개명을 해보고서야 알았다. 역시 사람은 역지사지의 동물이다.

개명, 그리고…… 아무 일도 일어나지 않았다. 좋은 의미로도, 나쁜 의미로도. 개명 후 운명이 바뀌었다는 간증의 대부분은 어쩌면 마음의 문제일 것인데, 나 역시도 그런 면에서는 새로운 운명을 맞았다. 내가 생각보다 삶을 사랑하는 사람이라는 것을 확인했다는 점이었다. 부정적인 이야기로 얼룩진 일기장이 그 어떤 이야기보다 '살고 싶다'는 마음의 증거인 것처럼. 내일도 죽지 않고 뜨는 해를 보고 싶다는 마음, 지금보다 나아지고 싶다는 마음, 더 많은 사람들이 내 이름을 불러주었으면 하는 마음, 채 쓰지 못한 글을 마저 쓰고 싶다는 마음, 그리하여 삶을 완성해 나가고 싶다는 마음으로 나는 새 이름에 익숙해져 갔다. 수풀 림林, 오를 승昇, 아뢸 주奏. 숲속에서 높이 올라 만인에게 아뢰는 사람이 되었다는 사실에 감사하면서.

3

스
트
라
이
프
군
단

　유난히 일이 안 풀리는 날, 지갑과 가방을 챙겨 들고 길을 나선다. 그다지 번화하지도 않은 시내를 하릴없이 걸으며 머리를 비우려 애쓴다. 그러다 툭, 하고 내 모습이 눈에 걸린다. 허둥대며 아무 옷이나 주워 입고 나온 티가 역력하다. 옷만 봐도 일과 시간에 떠밀려 살고 있음이 여실히 보이는 순간이다. 어디서 묻은 건지 세탁이 제대로 안 된 건지 점점이 얼룩이 진 티셔츠, 눈에 띄게 무릎이 나온 청바지, 꼬질꼬질한 운동화…… '이 옷은 이제 집에서 입어야겠다', '세탁이 어려운 걸 알면서 어쩌자고 스웨이드가 들어간 운동화를 산 거지……' 내 손으로 골라 입은 내 옷도 마음에 들지 않는 날, 그러니까 내 선택을 스스로 후회하는 날. 다행히 처방전이 있다.

주로 쓰는 방법은 스트라이프 티셔츠를 사는 것이다. 소재는 톡톡한 것으로, 사이즈는 약간 큰 것으로. 색상은 흰 바탕에 네이비나 파란색 줄이 들어간 브레통 스트라이프가 가장 좋다. 이 경우 줄의 간격이 중요한데, 다년간의 노하우로 실패하지 않는 간격과 색을 곧잘 찾는 편이다. 가끔은 보색 대비가 멋진 디자인을 고르기도 하는데, 쨍한 파란색과 초록색, 회색과 살구색, 하늘색과 연두색 조합을 구매하기도 했다. 아, 당연히 모두 가로 스트라이프다.

마음에 드는 티셔츠를 고른 뒤에는 계산대에 가서 "바로 갈아입고 갈게요"라고 말한다. 그리고 환복. 마치 긴 갈증에 아이스카페라테를 수혈받은 것처럼 짧고도 깊은 숨이 콰아, 터진다.

　　이제 막 입은 새 스트라이프 티셔츠는 팔 부분에 다림질 자국이 꼿꼿하게 서있고, 소매에 때 하나 묻지 않았다. 의자에 짓이겨져 등허리 부분이 돌돌 말려 올라간 가로 주름도 없다. 몇 번 세탁하는 사이 옷감이 줄어들어 앞뒤, 옆으로 틀어진 자국도 없다. 말끔하고 반듯하다. 훨씬 낫다. 몸도, 마음도.

　　스트라이프 티셔츠의 미덕 중 하나는 저렴하다는 것이다. 피카소가 문신처럼 즐겨 입던 세인트제임스는 한 장에 10만 원 정도인 걸로 아는데, 다행인지 불행인지 내가 사는 지역에는 세인트제임스 매장이 없다. 단골 보세 옷가게에서 파는 스트라이프 티셔츠는 비싸야 3만 8천 원, 가끔 2만 원대로도 양질의 것을 살 수 있다.

　　또 스트라이프 티셔츠는 실패할 확률이 낮다. 미학의 대가인 피카소와 샤넬이 수십 년 전 이미 알아본 '성공한 디자인' 아니던가. 즉각적으로 기분 전환 효과를 주면서 일상복으로도 충실한 옷. 그걸 입고 생선을 잡아도, 그림을 그려도, 호텔 로비를 걸어도 어색하지 않은 옷. 만에 하나 집에서 입게 되더라도 보통의 홈웨어보다 조금은 예뻐 보이는 옷으로 기능한다는 점이 스트라이프 티셔츠의 미덕이다.

실패할 확률이 낮다는 점에서 오는 또 하나의 장점이 있다. 옷가게에서 오래 고민하지 않고, 단번에 옷을 골라낼 때의 쾌감 같은 것. 그리고 심드렁한 척 옷값을 지불하는 그 순간, 비로소 무죄 선고를 받은 듯 후련한 기분이 든다. 불과 30분 전의 나는 남이 하는 말과 풀리지 않는 일 사이에서 동동거리던 답답이였는데, 이렇게 빠르고 명쾌하게 한 가지 일을 해결할 수 있다는 데서 오는 위로가 있다. 심지어 잘해냈고, 외형적으로도 번듯하게 만드는 매직 스트라이프.

그렇게 쌓인 나의 위로들은 옷방 서랍장 네 번째 칸을 가득 채우고도 남아, 행거에도 여러 벌 걸려있다. 지금은 기억도 나지 않는 구겨진 날들을 톡톡하게 펴준 나의 스트

라이프 군단을 손으로 쓸며, 앞으로 병력을 늘리는 날이
오지 않길 기도한다.

혼
자

있
는

시
간

결혼 전 사람들과 나눴던 대화 중에 이해되지 않는 말
이 있었는데, 바로 깜깜한 집안에 관한 것이었다. "난 불 꺼
진 집에 혼자 들어갈 때가 제일 싫더라. 환하게 불 켜진 집
에서 누가 맞이해 주면 얼마나 행복할까?"

내 손으로 내 집의 불을 밝히는 일이 하루의 전환을 알
리는 상징적인 일이라 생각했던 나는, 그 자리에서 이방인
이 되었다. 아무 소리도 들리지 않는 고요한 집. 발을 옥죄
던 신발을 벗고 익숙한 걸음으로 방을 가로질러 한 치의

오차도 없이 전등 스위치를 누를 때, 그 순간 방 안에 찾아오는 광명이 하루의 고단함까지 밀어내는 느낌이 들었는데, 사람들의 생각은 달랐다. 깜깜한 집이 싫다는 이들에게 아무래도 스위치 속 스프링이 주는 손맛을 알려줘야 할 것 같다.

무엇보다, 온종일 사람들과 함께 있었는데 집에 가면 또 사람이 있길 바란다는 것이 이해가 되질 않았다. 물론 가족은 소중하지만, 그것이 선택 가능한 일일 경우에는 혼자를 선택하는 것이 당연한 일이라 생각했다. 사람들과 그들이 하는 말 사이에서 귀가 멍해졌다 싶을 때, 집에 돌아와 과열됐던 엔진이 꺼지고 고요에 놓이는 순간 비로소 나라는 존재의 불이 켜졌다. 내가 어떤 이들을 이해하지 못하는 건 그 순간을 너무 오랫동안 사랑한 탓일 거다.

물론 그러한 고요는 다음 날 또 누군가를 만날 예정이 있다는 전제하에서 더 빛을 발했다. 언젠가는 끝날 것이라는 것을 알기에 그 고요가 더 애틋하고 좋았다.

또 혼자여서 좋았던 기억은, 교환일기를 쓸 때였다. 중학교 2학년, 처음 짝이 된 S와 나는 첫눈에 서로를 알아보았다. 교과서보다 만화책이 더 많이 들어있는 서로의 가방을 보고 말았으니까.

교환일기를 하지 않을 이유가 없었다. 유행이었고, 휴대폰도 없던 시절이었으며, 할 말이 늘 넘쳤으니까. 조별과제, 운동회 등과는 차원이 다른 자발적 협업이었기에 혈기 왕성 여중생 감수성과 유머 감각이 교환일기에 총동원되었다. 만화를 읽은 뒤 감상평과 차후 줄거리 추측으로 시작한 교환일기는 연예인과 유행가를 넘어 그동안 누구에게도 말 못했던 가족 이야기, 선망하는 여자아이 이야기로 번져나갔다. 금세 몇 권의 교환일기가 찼고, 이어서 쓸 일기장을 고르러 함께 원정 쇼핑을 가던 열다섯 살의 뒷모습에는 그림자 하나 없었을 것이다.

그렇게 각별했는데, 이상하게 S의 집에 놀러가면 나는 초조한 기분이 들었다. S는 마실 것을 내오고, 집안을 구경

시켜 주고, 그동안 모은 일러스트 브로마이드며 엽서를 보여주느라 신이 났는데, 정작 나는 크게 즐겁지 않았던 기억이 난다. 아마 내가 해줄 것이 없어서였겠지. S의 집에서 손님인 내가 할 수 있는 일이란 리액션밖에 없었을 것이고, 나는 그것으로 충분치 않다 느꼈을 것이다. 1을 받으면 1이나 그 이상을 주어야 성미가 풀리는 열다섯 여자아이가 빈손으로 친구 집에 가는 일은 생각보다 많은 에너지를 요했다. 나는 두 번인가 S의 집에 간 다음부터는 명확한 용건이 없으면 그 애 집에 가지 않았다.

더하지도 빼지도 않은 같은 무게의 관계를 원하는 까탈스러운 성미는 꽤 오래 갔다. 조금이라도 배려의 추가 내 쪽으로 기울면 마음이 불편했고, 그렇다고 너무 배려해주지 않으면 서러웠다. 스스로 운신의 폭을 좁혀나갔던 것을 인정한다. 이래서야, 사랑은 어떻게 하는 거지? 친구들 무리에서 누군 더 친하고 누군 덜 친하고 따지다가, 어른이 되어 사랑의 세계로 나오고 보니 그렇게 따져서는 아무것도 시작할 수 없음을 알게 되었다. 인간관계 손해사정사

같이 살다가는 사랑의 맛도 못 본다. 과실을 저지르자. 선을 넘어가자. 지금보다 뻔뻔해지지 않으면 안 된다는 생각으로 나는 사랑 옆에 다가갔다.

　그러다가도 오롯이 혼자 있는 시간이 필요했다. 내향형 인간인 탓에 남들보다 조금 더 많이, 더 자주 혼자인 시간을 필요로 하는 것이라 생각한다.

　혼자 있는 시간이 나의 정신을 키웠다. 내 방이 없던 그 시간에도 나는 가상의 방문을 꼭 닫고 일기장과 나의 세계로 빠져들었다. 벽으로 가로막힌 진짜 방이 생기고 난 뒤에는 잠드는 시간을 미뤄가며 혼자만의 시간을 아꼈다. 글을 읽고, 글을 쓰고, 아끼는 문구 같은 것을 만지작거리면서 나는 어른이 되었다.

　혼자 있는 시간은 오히려 남을 생각하는 시간이기도 하다. 하루 종일 친구의 표정과 말을 읽어내느라 지친 상태에 놓였다가, 교환일기를 쓰면서 다시 친구에 대한 관심과 애정이 생겨났던 것이 기억난다. 몸은 떨어져 있지만 마음이 연결되어 있는 순간. 오로지 상상만으로 상대를 배려할 수 있는 시간. 그런 밤에 용서가 자라고 사랑이 자랐으므로, 나는 여전히 혼자 있는 시간을 갈구할 것이다.

5

별
점
은

후
하
게

택배를 뜯어 물건을 정리해 놓고 곧장 앱을 켠다. '구매 확정 완료'를 위해서다. 수취 확인은 빠를수록 좋다. 판매자의 대금 정산을 위해서도, 나의 적립금을 위해서도. 같은 이유에서 '리뷰를 작성하시겠어요?' 질문에도 바로 '리뷰 쓰기'를 택한다. '상품은 만족하셨나요?' 네. 별일 없으면 별 5개다. '어떤 점이 좋았나요?'라는 질문에는 후기 작성 기준이 되는 10자 이상만 채우자는 생각으로 '잘 받았습니다, 또 구매할게요' 정도만 적는다. 상품이 아주아주 마음에 들거나, 반대로 아주아주 마음에 들지 않을 때를 제외하고는 늘 같은 루틴이다.

다행히 세상에는 나 같은 사람만 있진 않아서, 리뷰에 정성을 다하는 이들이 많다. 가끔 도전이 필요한 쇼핑에 이들의 리뷰는 큰 도움이 된다. 기꺼이 시간과 문장력을 들여 상품에 대한 평가를 남기는 사람들, 이유야 어찌 됐든 늘 감사하게 생각합니다.

또 반대 의미에서 세상에는 나 같은 사람만 있진 않아서, '상품 좋네요, 또 구매할게요' 해놓고는 별점을 3개만 주는 사람도 있다. 마음에 들면 당연히 별 5개지, 왜 3개인가. '마음에 든다'면서 하나만 주는 사람은 또 뭐지.

판매자 입장에서 별점이 상당히 민감한 문제임을 알고 있다. 악의적인 별점과 후기로 골치를 썩고, 때문에 관련 제도를 개선해야 한다는 주장이 있다는 것도 알고 있다. 하지만 나는 별점 테러가 소상공인들에게 끼치는 악영향에 대해 이야기하고 싶은 것이 아니라, '매우 좋다'면서도 별을 3개만 주는 이들의 마음이 더 궁금하다.

나의 5개와 너의 5개는 어떻게 다른가. '성에 찬다'는 말은 어느 정도의 만족감을 전제로 하는가. '참 잘했어요'라는 말은 얼마나 잘했다는 말일까. 흰색과 검정색 사이 무수히 많은 회색 가운데 얼마나 희고 얼마나 검어야 밝다, 어둡다 표현할 수 있는 것일까. 그 기준은 어디에서 왔을까. 그리고 그 기준 때문에 우리는 얼마나 많이 싸우는가.

영화 〈포레스트 검프〉에는 기억하고 싶은 장면과 대사가 많은데, 러닝타임 중 가장 먼저 내 마음을 흔든 대사는 "제니는 꿈꾸던 대로 포크송 가수가 됐어요"였다. 비록 바로 다음 장면으로 제니의 벌거벗은 뒷모습이 나오지만, 그녀가 노래하는 곳은 '걸스걸스걸스'라는 이름을 가진 스트립바에 가까운 곳이지만, 바 손님들은 "노래 그만하고 가슴이나 보여줘"라고 말하지만, 포레스트의 눈에는 '꿈을 이룬 그녀'로 보인다.

포레스트의 모든 말을 받아들일 수는 없지만, 가끔은 포레스트처럼 살면 좋겠다고 생각한다. 포레스트에게는 삶이 늘 '별 5개'니까. 베트남전에서 총을 맞아도, 제니가 히피 애인을 더 사랑해도, 어머니가 떠나도, 태어난 이상 달려야 한다는 삶의 의미를 깨우친 이상 포레스트는 오래 고민하지 않는다.

그래서 필요할 때는, 포레스트의 기준을 가져다 쓴다. 손쉽게 꿈을 이루고, 손쉽게 행복을 느끼는 방법이다. 사흘이 멀다 하고 맞닥뜨리는 주문과 배송과 구매 결정 사이에서 조금이라도 덜 고단할 수 있는 현실적인 방법이기도 하고, 만날 일 없는 판매자에게 도움이 되는 이타적 행동이 되기도 하니까. 그것이 좀 심드렁하다 지탄받을지 몰라도 웬만하면 별 5개를 견지하기로 했다. 재산상 피해를 입지 않는 선에서, 이웃에 방해가 되지 않는 선에서, 별 5개로 평화를 유지할 수 있다면 나는 기꺼이 시선을 낮추고 싶다.

6

어쩐지 나의 덕질은 번번이 표일배 정도에 그치고 만다. 원터치로 차를 편하게 내려 먹는, 인퓨저와 티포트가 일체된 그 표일배 말이다.

어느 날 차에 빠지게 됐다고 치자. 찻집에서 우연히 얻어 마신 보이차 한 잔에 입 안이 깨어났다가, '집에서도 마시고 싶다'는 생각을 하게 된다. 찻집에서 얻어온 찻잎을 부수어 머그컵에 하루 이틀 우려먹다 보면 그럴듯하게 갖

춰 먹고 싶다는 마음이 생긴다. 좋은 숙차도 사고 싶고, 찻
잔과 받침, 찻주전자 같은 다구세트도 갖고 싶다는 마음에
슬슬 검색을 시작한다. 여기서 덕후가 되느냐 못 되느냐가
판가름 난다. 밤낮 없는 검색, 선배 차인을 향한 질문, 오프
라인 모임까지 불사하며 제대로 된 다구를 갖추고 차의 장
점을 만인에게 전파해 나가는 것이 덕후의 삶이라면, 적당
한 가격의 표일배 하나를 덜렁 사는 것으로 차 생활에 미
적지근 머무르는 것이 나의 삶이다. 머그컵보다는 한발 더
나아가지만, 어디 가서 전문가라고는 말할 수 없는 지경.
이러나저러나 차는 계속 마실 수 있으니까. 이런 '표일배
사조'는 내 삶을 이루는 큰 줄기이기도 하다.

그래도 한때 아이돌을 좋아했다. 'HOT'의 데뷔는 중학
교 교실을 뜨겁게 달궜고 나 역시 그 시류에 빠져들었다.
인터넷도 없던 그 시절, 그것도 서울에서 멀고 먼 지역에
서의 덕질이란 한계가 있었는데 오히려 나는 그래서 할 만
했다. 새 음반이 나오면 발매 첫날에 구입해 듣고, TV에 나
오면 녹화해 놨다가 보고, 하이틴 잡지에 실린 그들의 인

터뷰를 찾아 읽는 것만으로도 충분히 그들을 좋아하고 있음이 표가 났기 때문이다. 콘서트에 간다거나 하는 일은 상상 밖의 일이었고, 친구 한 권, 나 한 권, 같은 잡지를 두 권 사서 좋아하는 멤버의 개인 사진 페이지를 교환하곤 하는 것이 그 시절 덕후의 최선이었다.

그때는 덕질이라는 단어도 없었지만, 나에게 덕질이란 친구와 어긋나지 않게 해주는 매개의 역할이 컸다. 함께 잡지를 보고 나누면서 깊어진 것은 친구와 나의 관계지, 가수와 내가 아니었다. 스타는 너무나 멀리 있는 법이니까.

그런데 '이런 방식의 지지도 가능하구나' 했던 일이 있었는데, 잠이 쏟아지던 국어 시간이었다. 축 처진 분위기를 감당 못한 선생님이 "누구 노래 한 곡?"이라고 말을 던졌다. 누구도 나서지 않던 그때, 전학 온 지 얼마 되지 않은 P가 갑자기 손을 들었다. 얌전한 아이인 줄 알았는데 '노래를 잘하나 보나' 생각했던 것도 잠시뿐. 노래를 청한 선생님마저 표정 관리가 어려울 정도로 P는 '사람이 이렇게 떨어도 되나' 싶을 만큼 달달달 떨리는 목소리로 노래를 시작했고, 제멋대로 음표를 발사하고서야 교단에서 내려왔다.

나중에 안 사실이지만 P는 가수 이승환의 팬이었는데, HOT와 젝스키스라는 거대 양당의 틈바구니에서 '내 가수'를 알리고 싶어서 음치 불구하고 손을 들었던 거였다. 이승환이 얼마나 좋은 가수인지, 얼마나 좋은 노래를 많이 가지고 있는지 알리고 싶어 앞뒤 가리지 않은 P의 모습은 여러모로 내게 강한 인상을 남겼다. '세상에 뿌려진 사랑만큼' 첫 소절을 떼는 순간 P의 본래 목적은 산산이 부서져 모래처럼 뿌려졌을지 모르지만, 같은 교실에 앉아있던 내게 '사랑이란 이런 건가?' 질문하게 해준 놀라운 사건이기도 했다.

어느 날 P가 오후 내내 운 일이 있었는데, 누군가에게서 이런 말을 들었기 때문이었다. "네가 그런다고 이승환이 너라는 존재를 알겠냐?" P는 세상이 무너진 듯 울면서 "정말 승환 오빠가 날 알까?" 물었고, 나는 무어라 대답해야 할지 알 수 없었다.

이후 P는 귀공자처럼 반짝반짝 빛나는 신인가수 이지훈에 빠져 그에게 팬레터를 썼고, 답장을 받아내는 쾌거를 이뤄 우리를 놀라게 했다. 소속사에서 준비한 편지에다가 맨 아래 이름만 연예인이 친필로 쓴 답장이었지만 조용했던 시골 학교에서 그 일은 꽤나 센세이션했고, 나는 그토록 열정적인 P의 덕질을 구경하는 것만으로도 마음이 부풀어 올랐다.

그때부터 나는 누군가를 열렬히 좋아하는 옆 사람의 표정을 보고 그 스토리를 듣는 일에 푹 빠져버렸다. TV 속에서 방긋방긋 웃는 머나먼 스타보다는, 그 스타에 빠져 희로애락 오욕칠정을 발산하는 친구를 감상하고 때로 다독이는 일이 훨씬 즐거웠다.

그럼에도 고등학생 때는 한 농구선수를 좋아했는데, 그를 보기 위해 고3 첫 야간자율학습을 빼먹었던 기억이 난다. 내 인생 최대의 일탈로 기록된 그날, 돌이켜 보면 '농구 경기를 보기 위해 야자를 빠지는 대범한 나'에 도취되어서 저지른 일이었을 거다. 담임에게 솔직하게 사유를 말하고, '내일부터는 정말 열심히 공부하겠습니다'라는 지킬 수 없는 약속만 남긴 채 나와 친구는 버스를 타고 창원실내체육관으로 향했다. 교복 입은 두 소녀는 운이 좋게도 골대 바로 뒤에 앉아서 경기 내내 선수들을 가까이에서 볼 수 있었다. 하지만 내가 좋아하던 선수는 팀 내의 식스맨이었기에 언제 나타날까, 기다리는 수밖에 없었다.

2쿼터가 지났을까. 애타게 기다리던 그가 몸을 풀며 골대 쪽으로 다가왔다. 나는 용기 내어 그의 이름을 불렀고, 펜과 종이를 흔들었다. 다리를 풀고 있던 그는 고개를 돌려 나를 바라봤고, 분명히 '굳은 얼굴'이라 표현할 수 있는 표정으로 무감하게 사인을 하고는 종이를 돌려주었다.

이상했다. 그는 TV에서 보던 그대로 키도 크고 잘생기고 멋졌지만, 사인을 받아든 순간 내 안의 불은 서서히 꺼져가고 있음을 분명히 느낄 수 있었다. 내가 아는 그는 잦은 부상에도 언제나 코트만을 생각하는 에너자이저였고,

탁월한 식스맨으로 늘 승리를 자신하는 슈퍼맨이었는데, 실제로 만난 그는 뭐랄까, 권력 투쟁에서 밀려난 시마 과장° 같은 얼굴을 하고 있었다. 어딘가 무거워 보이는 몸, 투입 여부를 기다리는 초조한 표정, 점수 차가 벌어질 때마다 짓던 인상 같은 것들이 그동안 내가 상상해 오던 이미지와 크게 달랐던 것이다.

지금이라면 직업인으로서 농구선수의 고단함을 이해하며 '오빠 오늘 컨디션 별로인가 보다' 했겠지만, 열아홉의 내 마음은 그렇게 넓지 못했다. '……깨어지는 환상 속에 혼자서 울고 있는 초라하게 갇혀버린 나를 보았어, 널 떠날 거야, 음! 널 떠날 거야, 음!'

오랫동안 좋아했던 선수였던 만큼 그의 약한 모습을 보는 일은 또 그것대로 마음 아픈 일이어서, '어디 간 크게 창원까지 농구를 보러 갔냐'며 엄마에게 야단맞는 순간에도 그저 슬프기만 했던 기억이 난다(골대 바로 뒤에 앉았던

° 일본 만화 『시마 과장』, 샐러리맨 '시마 코사쿠'의 성공 신화를 다룬다.

탓에 중계 화면에 숱하게 잡혔고, 그것을 본 엄마 아들이 엄마에게 제보했다).

누군가를 100% 알고 있다고 생각했던 여고생의 오만은 그날로 산산이 부서졌고, 이후 덕질이 점점 더 어려워졌다. 스케줄을 줄줄 꿴다고 해서 그의 생활을 다 알 수 있는 것도 아니요, 인터뷰를 샅샅이 찾아 읽는다고 해서 그의 생각을 온전히 알 수 있는 것도 아니었다.

그러거나 말거나, 함께 농구장에 갔던 친구 A는 '오빠'가 더 좋아진 모양이었다. 농구장에 다녀온 뒤에도 친구는 늘 좋아하는 선수의 기록을 쫓았고, 그가 은퇴할 때까지 팬으로 남았다. A는 농구선수부터 연예인까지 늘 좋아하는 사람이 많았는데, 거기에는 이유가 없었다. 한번 꽂히면 내내 애정을 주고 마는 그 저돌적인 사랑, 그렇게 퍼주고도 남는 사랑을 부러워하며 친구와 나는 무엇이 다른 걸까 생각했다.

다행히 좋아하는 사람 대신 좋아하는 책, 좋아하는 영

화, 좋아하는 노래가 무수히 쌓여갔다. 이들은 내가 아무 것도 주지 않아도 나에게 더없이 많은 감정들을 안겨주었다. 일련의 덕후라면 영화감독으로, 배우로, 시나리오 작가로 애정의 가지가 뻗어나갔겠지만, 내게 그런 일은 자주 일어나지 않았다. 나는 단지 보고 느낀 바를 내 안에 적재해 나가는 소극적인 덕질이 체질에 맞았다. 10년 전에 사랑했던 영화를 지금 보면 다른 감정이 들 때도 있지만, 그것은 영화가 시든 것이 아니라 내가 변했기 때문이라는 것을 이제 안다.

누군가를 열렬히 좋아하는 사람을 보면 여전히 신기한 눈빛으로 바라보게 된다. 맹목적으로 사랑함으로써 오히려 생의 희열과 의욕을 얻는 사람들. 사랑을 주는 그 마음만으로도 충분히 충만해져 더욱더 뜨겁게 살아가는 이들의 얼굴은 나를 설레게 한다. 나는 끝내 할 수 없는 어떤 종류의 사랑을, 그리도 매일 부어주는 샘물 같은 이들이 내 곁에 더 많아졌으면 좋겠다. 그러면 그 사랑을 찻잎 삼아 포일배에 넣고 그들의 열정을 미지근하게나마 우려 마시

며 대리만족하는 것이다. 나도 그 마음에 대해 조금은 알
겠다고, 그들의 사랑을 독려하는 것이 내게 주어진 몫인
듯하다.

7

이런
나
잇
값
도
있
다

예능 프로그램 중에 낚시 버라이어티 〈도시어부〉를 좋
아한다. 어느 정도로 좋아하냐면, 집에서 혼자 밥을 먹을
때 특별히 볼 것이 있지 않다면 늘 〈도시어부〉를 틀어놓을
정도로 좋아한다. 채널을 돌리다 우연히 좋아하는 에피소
드라도 나올라치면 하던 일을 접고 '헤에' 하고 들여다본
다. 남편은 옆에서 고개를 절레절레 흔든다.

실제로는 '낚시'의 '낚'자도 모른다. 낚시 경험이라곤

보라카이 여행 패키지에 포함된 선상 투어 때 열대어를 두 마리 낚은 경험뿐이다. 어릴 때 경험이나 기억 때문인가 떠올려 보면 그것도 아닌 것 같다. 가족이 함께 바다로 놀러간 적은 많았지만 아빠는 낚싯대를 드리우고 가만히 기다리는 성격이 못 되었다. 맨몸으로 바다에 들어가 해삼을 건져와서는 통째로 내 손에 쥐여주던 사람이었다. 그렇다고 저 망망대해에 나가 같이 낚시를 하고 싶은 마음이냐면 그것도 아니다. 내 시선은 그저 이덕화 선생님을 향해 있을 뿐이다.

그의 배우 경력은 사실 내겐 너무 멀고, 오직 〈도시어부〉에 출연해 보여주는 모습만으로 판단한 이야기이다. 〈도시어부〉에서 다른 출연자들이 종종 그의 정치 도전기를 도마에 올리며 놀리기도 하는데, 이덕화는 1996년 국회의원 선거에 도전했다가 낙선한 후 낚시에 빠지게 됐다고 한다. 30년에 가까운 세월이다.

내가 특히 좋아하는 장면은 이덕화가 남들 보기에 대단한 크기의 생선을 낚고서도 "아이, 뭐 이딴 게 잡혀"라고

쑥스러워하는 장면이다. 대놓고 "에이, 쪽팔리게"라고 말하기도 한다. 광어를 낚고서도 60cm가 안된다고 부끄러워하고, 참돔을 낚고서도 수놈이 아니라며 부끄러워한다. 수놈이 더 '빵'*이 좋다나. 가끔 열기나 볼락, 그도 아니면 불가사리 같은 자잘한 것을 낚고서는 욕에 가까운 말들을 하기도 하는데 그런 일련의 멘트와 표정이 가식적이면서 또 너무 솔직하다는 것이 포인트다.

아무것도 낚지 못한 다른 출연자가 부러운 듯 "선생님은 왜 만족을 못 하세요?"라고 물어도 그는 대답이 없다. 웃는 듯 마는 듯 절반의 표정만 지으며 다시 미끼를 던질 뿐이다. 몇 회인지 정확히 기억나진 않지만, 그는 어느 날 이런 말을 남김으로써 '만족 못 하는 이유'에 대한 대답을 머나먼 시청자인 나에게 갈음해 주었다.

"이 나이 되면 잘하는 건 없어도, 못하는 건 없어야 된다고."

● 생선 배부터 등까지의 둘레. 사람으로 치면 덩치를 일컫는다.

살아오면서 언제나 정상에 머물렀던(정치 빼고) 이가 가질 수 있는 자신감이다. 가장 연장자로서 이 배의 조과와 방송 분량을 책임져야 한다는 마음이 가장 일차적인 이유일 것이다. 이외에는 내가 보여주고 싶은 나는 이보다 훨씬 대단할 수 있다 자부하는 마음, 지난 세월 동안 밥만 먹고 나이만 먹지 않았다는 것을 증명하고 싶은 마음, 그런 것들이 자신이 가장 좋아하는 취미인 낚시를 통해 발현되었으면 하는 마음도 있을 것이다. 줄여 말하면 나잇값이랄까.

아무리 수십 년 동안 낚시를 했더라도 그건 고기를 잡아챌 수 있는 확률이 조금 더 높다 뿐이지 절대적인 기술이 되지 못한다(는 것을 〈도시어부〉를 보며 깨우쳤다). 그럼에도 '잘하는 건 없어도 못하는 것도 없어야 된다' 생각하고 실천해 나가려는 자세가 꽤나 어른답다 생각한다. 남 보기에 큰 고기를 낚고서도 "이런 건 쳐주지도 않아"라며 허세 섞인 말을 던져도, 그 모든 푸념과 '큰 놈' 타령이 나잇값을 해내고야 말겠다는 떡밥이라 생각하면 기꺼이 "네네, 그러믄요" 대답하고 싶어진다. 언제까지나 잘하고 싶고, 귀감이 되고 싶다는 마음으로 일상의 갯바위에 오르면, 쪽팔릴 일은 없을 거라 생각한다. 적어도 스스로에게는 말이다.

믿
습
니
까

　친구 H가 사는 통영에 갔다. H는 보고 싶은 전시가 있
었다며 도남동으로 운전대를 돌렸다.

　사진과 그림, 조각과 미디어아트가 뒤섞인 전시장에서
H와 나는 흥미로운 체험을 했다. '가치의 가치'라는 제목의
작품이었는데, 관객의 뇌파를 읽고 처리해 3D 도형을 만들
어내고, 그 이미지에 블록체인 기술을 더해 가상화폐로 발
행한다고 했다. 관객의 생각이 형상이 되므로 관객이 곧
예술가가 되고, 그 형상을 가상화폐로 등록해 거래하는 것

도 관객의 몫이므로 큐레이터 겸 딜러도 될 수 있다는 취지의 작품이었다.

의자에 앉아 뇌파 측정 장치를 머리에 끼자, 안내직원이 '윤리적인 상상'을 해줄 것을 요청했다. 영화 〈원더풀 라이프〉에서 죽은 이들에게 천국으로 가기 전 가져갈 딱 하나의 기억만 떠올리라며 일주일의 기한을 줬을 때, 영감들은 주로 자신이 성적으로 만족시켰던 여자에 대한 기억을 떠올리던 장면이 갑자기 생각났다. 내 뇌파가 남긴 궤적들이 3D 도형으로 구현된다는데, 그럼 성적인 상상도 형태에 반영되는 걸까. 그래도 그렇지, 설마 이렇게 공개적인 장소에서 비윤리적인 생각을 할까. 그래도 모른다. 사람의 생각이란 것은 어디로 튈지 모르니까. 뭔가 망측한 형상이 생겨나서 개망신당하면 어떡하지 따위의 걱정을 하며 체험을 시작했다.

긴장감과 별개로 체험은 간단했다. 뇌파 측정 장치를 낀 채 앞에 마련된 화면을 응시하면 공이니 선이니 하는 것이 움직이고, 그 화면을 응시하며 각자의 것을 상상하면 되었다. '공을 선에 가까이 가져가세요'라는 명제가 나와 그것을 있는 힘껏 상상했더니 곧이어 단어 하나가 등장했다. 'Faith, 믿음.' 안내 직원은 신념이라고 해석해 주며 신념이 갖는 가치나 이미지를 상상해 보라고 했다.

　5분여가 지나고 내 뇌파와 무의식이 만들어낸 믿음의 형태가 드러났다. 그건 뭐랄까, 울진 성류굴에서 봤던 석순같이 생긴 것이었다. 바닥에서 솟아오른 듯한 길쭉한 기둥 모양. 예시로 본 이미지들과 비교하면 굉장히 밋밋한 편이었다.

　곧 직원이 다가와서 해당 이미지를 가상화폐로 등록할 수 있는 QR코드가 찍힌 종이를 건네주었다. 음, 이 믿음의 산물은 아무리 봐도 가상화폐가 아니라 가상화폐 할아버지가 와도 거래가 불가능할 것 같은데요……

　그러나 전에는 해보지 않았던 체험이어서인지 나는 금세 들떠버렸다. 미적으로는 무가치해 보였지만, 도형을 가만히 들여다보고 있자니 그렇게 생기게 된 나름의 이유가 있어 보였다. '그래, 믿음이라면 이렇게 생겨야지. 바닥을 단단하게 딛고 삐져나온 가지 하나 없이 어디로도 새지 않고 오직 한길로만 뻗어나가는 이 기둥의 형태야말로 진정한 믿음의 형상화지. 인간의 믿음이 구름처럼 생기면 그것 또한 곤란하지 않겠어.' 뭐 그런 생각이 든 것이었다.

또한 내게 의미 있는 것은 텍스트였는데, 체험을 마친후 H에게는 어떤 단어가 나왔는지 물으니 'Freedom'이라고 했다. 그랬다. 언제나 H가 갈구하는 그 '자유'. 왜 너는 자유고 나는 믿음이었을까. 단어는 어떤 방식으로 도출되어 제시되는 것인지 전시기획자에게 확인하지 못한 채, 나는 내게 '믿음'을 상상하도록 만든 것이 괜한 일이 아닌 것처럼 느껴졌다.

그때 내 머릿속에는 당시 진행 중이던 프로젝트 생각뿐이었다. H와 냉면을 먹으면서도, 해안도로를 달리면서도 내내 그 프로젝트를 떠올렸고, 그 생각을 전시장까지

가지고 갔다. 언제나 그것이 잘 마무리되기를 바랐고, 마음 한구석에 '잘될 거야'라는 믿음을 놓아두고 힘들 때마다 지그시 응시하곤 했다. 늘 그랬다. 긍정, 낙관이라고는 표현하기 어렵지만, 나는 내 몫은 어쨌든 해낸다는 스스로에 대한 믿음을 늘 갖고 있는 편이었다. 그건 깜냥에 넘치는 일은 시작도 하지 않는, 그러니까 할 수 있을 만한 일만 하는 좁은 성미 때문이기도 하지만. 아무튼 온통 프로젝트 생각뿐인 내 눈앞에 'Faith'가 텍스트로 두둥 떠올랐으니, 그건 내게 '잘할 수 있다는 믿음'으로 읽히며 별안간 스스로를 향한 무한한 신뢰감을 안겨주었다.

만약 '이거 망하면 어떡하지'라는 상상을 매일 했더라면 아마 그날의 믿음은 '100% 망한다는 믿음'으로 해석됐을 것이다. 그럼 내 믿음의 형상은 또 어떻게 달라졌을까.

때로 '믿음'이란 말은 '기대'와 비슷한 용도로 쓰이기도 하는데, 둘은 분명히 다르다. 기대는 기대 이상의 것을 바랄 때 쓰이고, 믿음은 있는 그대로의 것을 믿을 때 쓰인다. 부모가 시험을 앞둔 아이에게 "기대할게"라고 말하는 것과 "널 믿어"라고 말하는 것이 천지차이인 것처럼. 또한 기대는 주로 상대를 향하고, 믿음은 내 안으로 파고드는 종류일 때가 많다. 네 안에 있는 기대감은 내가 어쩔 수 없지만, 내 안에 있는 믿음은 내가 키워나갈 수 있다.

그러니 프로젝트 한복판에 선 내가 믿음이라는 단어에 과하게 의미를 부여하는 것을 당신은 그러려니 하고 용서해 주어야 한다. 좋은 점괘가 나오면 맹렬하게 믿고 싶어지는 것처럼, 우연히 받아든 종이마저 운명이라 생각하고 받들며, 믿음의 기둥을 스스로 세워가고 싶은 사람의 고군분투라 생각해도 좋겠다.

아는 만큼 두렵다

유채꽃이 만발한 봄날, 봉고차 한 대가 남해대교를 지나고 있었다. 차에는 이제 막 칠순을 맞은 외할머니와 자식 손주들이 가득 타고 있었다. 칠순 잔치에서 뷔페 음식을 잔뜩 먹고 잠이 몰려오던 참이었는데, 창밖을 보던 할머니가 혼잣말인 듯 입을 뗐다. "이런 다리는 우째 만들꼬? 신기하다, 신기해." 할머니 옆자리에 앉아있던 외삼촌이 말을 받았다. "비행기도 다니는 세상인데 이 다리 짓는 게 뭐 신기하요."

할머니는 바다에 대해 잘 알았다. 할머니는 농사도 지었지만 봄에는 바지락을 캐고 겨울에는 굴도 깠는데, 달력을 보지 않고도 물때를 셀 줄 알았다. 어린 나와 사촌들이 갯벌에 나가고 싶다고 하면 잠시 손가락을 몇 개 접어보다가, "지금은 물 들어와 있어서 안 된다"고 잘라 말하는 바다 사람이기도 했다.

그러니 할머니가 비행기보다 다리를 신기하게 여긴 것은 당연한 일이었다. 비행기는 아예 상상 밖의 영역이니까. 비행기가 어떻게 뜨고 내리는지를 이해할 수 있는 배움이나 경험이 전무했으니까. 그러나 바다에 기둥을 심어야 하는 다리는 이야기가 달랐다. 시시때때로 변하는 물때와 손이 깨질 듯 차가운 바닷물을 매일 경험하는 삶이었고, 고기를 잡으러 나갔다가 풍랑을 만난 이웃들이 가까이 있는 삶이었으니까. 그렇게 무서운 바다에 어떻게 기둥을 심고 상판을 까는지, 대단하고 신기하다 여길 수밖에 없는 삶을 살아왔으니까.

할머니 머릿속의 다리처럼, 세상에는 아는 만큼 두려

운 것이 있다. 삶은 아는 만큼 보람과 행복을 주기도 하지만, 반대로 고통과 슬픔의 파이를 키우기도 한다.

대만 여행을 갔을 때, 마지막 날 일정이 빠듯했음에도 나는 그곳에서 유명하다는 절에 꼭 가고 싶었다. 지금은 잘 기억나지도 않지만, 꼭 빌어야 할 소원이 있었기 때문이다.

첫 지하철이 다니는 6시쯤, 잠들어 있는 친구를 두고 혼자 절로 향했다. 다행히 호텔에서 멀지 않아 금세 도착할 수 있었다. 용산사龍山寺였다.

'이 시간에는 사람이 별로 없겠지' 생각하고 들어섰는데, 아니었다. 생각보다 사람이 많았고 경내에는 사람들이 피워 올린 향으로 연기가 가득했다. 웅얼웅얼 기도 소리와 함께 엄숙한 분위기에 압도된 나는 잠시 소원도 잊고 사람들의 뒷모습을 지켜봤다. 워낙 유명한 곳이라 낮에는 관광객이 많다고 들었는데, 이른 아침이라 그런지 현지인이 대부분이었다. 누군가는 백팩을 메고, 누군가는 넥타이를 맨 채, 이 기도가 끝나는 대로 출근길에 올라야 하는 사람도 보였다. 바쁜 아침 시간을 쪼개 절을 찾을 만큼 절실한 무언가가 있다는 뜻이겠지. 나는 그들을 관찰하고 있었지만 그들은 남을 관찰할 이유도 여유도 없는 듯 보였다. 저마다 마음 안에 깊이깊이 품고 있는 바람을 신 앞에 꺼내놓느라 혼신의 힘을 다하고 있었다. 무슨 소원을 비는 것일까, 누구의 명복을 비는 것일까, 언제부터 빌어온 기도일까……

별안간 눈물이 났다. '다들 힘들구나……'

그들의 소원이 무엇인지는 모르지만, 신을 찾을 만큼 절실하다는 것은 알 수 있었다. 내가 그랬으니까. 어쩌면 최선에 최선을 다하고도 마음이 낫질 않아 지푸라기라도 잡는 심정으로 신과 절을 찾았을 테니까. 그것이 나를 위한 것이든, 남을 위한 것이든, 절실하다는 점에서 모두가 같은 입장이었다. 어찌 할 수 없는 일을 향한 막연한 기도, 그 슬픔이 나의 것과 겹치며 별안간 눈물이 났다.

얼마 후 눈물을 닦고 내 소원도 함께 빌었다. 이토록 많은 기도가 하늘로 올라가 모두의 소원을 들어준다면 얼마나 좋을까. 그러나 그런 일이 일어날 가능성은 제로에 가깝고, 이 기도를 마치면 다시 절 바깥으로 나가 세상을 맞아야 한다. 삶의 길에서 맞닥뜨리는 슬픔이며 고통 같은 것들을 온몸으로 감내해 가면서.

나는 알고 싶지 않은 것을 알아버린 기분이었다. 사람의 힘으로 어쩔 수 없는 일들을 신에게 빌며, 기도 후에도 아무것도 나아지지 않는 절망마저 감내해야 하는 것이 인간의 몫이라는 것을.
'다들 힘들구나, 그런데 어찌할 바가 없구나' 느꼈던 그 순간은 그 이후로도 오랫동안 마음에 남아 삶을 두렵게 만들었다.

할머니가 했던 다리 이야기와 용산사에서의 기억을 겹쳐보면 또다시 슬픔이 남는다. 오직 가족과 마을, 텃밭, 시장, 바다, 텔레비전, 병원이 전부였던 할머니의 삶은 호기심이 생겨날 여지조차 크게 없었다는 점에서 첫째로 슬프고, 그 작은 세상에서 어쩌면 깊게 뻗어나갔을 또 다른 지혜를 마저 듣지 못한 채 할머니와 이별해야 했다는 점이 또 슬프다.

세상에는 바다에 다리를 놓는 일보다 더욱 대단하고 놀라운 일이 많다고, 할머니는 어떻게 그렇게 모두를 굽어 살피며 따뜻했을 수 있냐고 말해주었어야 했는데. 세상의 대단함은 저 높고 웅장한 다리가 아니라 바로 당신의 자그마한 몸 안에 있다고 높이높이 비행기 태워주지 못한 것이 내내 아쉽다.

트위터 명문 중에 '나이 먹으니까 눈물이 늘어. 이해할 수 있는 슬픔이 너무 많아져'라는 문장이 있다. 앞으로는 이해 가능한 슬픔의 영역이 더욱 넓어지면 넓어졌지, 좁아지진 않을 것이다. 넘어지고 실패하고 이별하고 세상 무서운 것을 알아가는 것이 삶이라고 하지만, 그 과정에서 생기는 슬픔을 감내해야 하는 것은 오롯이 한 사람 한 사람의 몫이기에, 그것에 성장이라 이름 붙이기까지는 너무 많

은 시간이 필요하기에 오늘의 우리는 다들 힘들고, 그 힘
들다는 이야기를 나는 이렇게나 길게 길게 쓰고 있다. 할
머니가 보고 싶다고 한 마디만 쓰면 됐는데 말이다.

3부

문밖에서 가져온 마음

1

나의 동력은 네모다

누군가 내게 '네 삶의 동력이 무엇이냐' 묻는다면 '네모'라고 답할 것이다. 네모는 특히 하기 싫은 일을 앞두었을 때 더욱 힘을 발휘한다.

해야 할 일들이 밀물처럼 밀려드는 날, 일부러 느긋한 척 노트를 펴고 펜을 든다. 그리고 하나둘 할 일을 적는다. 이때 할 일을 가능한 잘게 쪼개어 적는 것이 좋다. '다음 아이템 준비'가 아니라 '기사 써머리', '누구누구에게 자문 얻기', '후보 아이템 찾기' 등으로 쪼개는 식이다. 때로는 이런 것까지 노트에 적어야 하나 싶을 정도로 사소한 것도 쓴다. '단추 달기', '손톱 손질' 등 깜빡하고 해놓지 않으면 은근히 신경을 거슬리게 하는 일상의 숙제들도 사이사이 끼워 넣는다. 그리고 이 모든 할 일 앞에는 네모가 붙는다. 노트 귀퉁이를 옮겨보면 이렇다.

5/5(금)
□ ○○○ 교수 인터뷰 시간 픽스
□ ○○박물관 협조 공문 보내기, 확인 연락
□ ○○ VCR 원고
□ ○○ ST 원고
□ 세탁소 들르기
□ ○○ 홍보영상 헤드카피
□ 방송 시간 공유

네모는 분류용 하이픈 역할도 하지만 '완료' 표시를 위한 것이기도 하다. 완료된 일에는 꼭 체크를 한다. 결국 노트에는 두 가지 네모가 존재한다.

　□ 할 일
　☑ 한 일

　정확히 기억나지는 않지만 아마 고등학생 때부터였을 것이다. 어딘지 있어 보이는 'To do list' 표현이 좋아, 예습할 것, 복습할 것, 숙제 등을 쭉 쓰고 해낸 뒤에는 하나씩 체크를 해왔다. 공부에 취미가 없었으니 빈 네모가 더 많았겠지만, 그렇게 시작한 '다꾸'는 어느새 습관이 되어 내 삶에 물이 새지 않도록 메꾸미* 역할을 해주고 있다.

　실행 여부를 그대로 보여주어 다음 할 일을 계속 상기시켜주는 역할도 하지만, 무엇보다 네모는 성취감과 연결되어 있다는 점에서 큰 의미를 갖는다.
　난이도가 높든 낮든, 사소하든 어쨌든, 이 일을 해냈다

* 보수제

는 성취감이 노트에 빼곡하게 쌓인다. 이제 막 한 통의 전화를 끊으며 '☑ 출연자에게 전화 연락' 네모에 산뜻하게 체크 표시를 할 때, '오늘도 이만큼이나 일했어!'라며 스스로를 다독이는 근거로 기능하는 것이다.

같은 이유로, 여행은 더없이 많은 네모를 쌓을 수 있는 보너스 판과 같다. 버스만 제대로 타고 호텔만 제대로 찾아가도 스스로가 대견해지는 낯선 여행지에서 네모를 만들고 획득하기란 그리 어려운 일이 아니다. 공항에서 유심칩 찾기, 로이시 버스 타기, 오페라역에서 하차, 호텔에서 지불할 도시세 잔돈으로 미리 준비하기⋯⋯. 모든 일정 앞에 네모를 붙이고 미션을 클리어할 때마다 체크를 한다. 그런 효능감이 내 안에 쌓여갈수록 좀 더 나은 인간이 된 듯한 기분이 든다.

지나치게 원대한 목표만을 생각하고 살다 보면 사람이 쉽게 지친다. 너무 멀리 있어 도무지 성취감이 끼어들 틈이 없기 때문이다. 대신 큰 목표 아래 작은 과제들을 차곡

차곡 줄지어 하나씩 해나가는 것이 목표를 이루는 데 있어
서도, 개인의 행복을 위해서도 도움이 된다는 글을 읽게
되면서 나는 나의 네모 친구들을 더욱 신뢰하게 되었다.

　목표를 잘게 쪼개고 그것을 다시 계획으로 만들어 실
천하는 것, 그것이 자기 계발서나 심리학책에서 너나 할
것 없이 강조하는 흔하디흔한 방법론이라는 것도 알게 되
었다. 그 과정에서 얻은 것 하나. 네모들을 '해치워야 할 일'
로만 생각하면 안 된다는 것이다. 네모를 해내는 과정에서
오는 재미나 변화도 반드시 주머니에 챙겨야 한다. 네모가
수단으로만 끝나버리면 그 모든 퀘스트가 지긋지긋해지
며 삶이 허무해질 수 있기 때문이다.

　여전히 운동이나 외국어 마스터 같은 큰 목표 앞에서
는 네모도 맥을 못 추는 때가 많다. 세상에서 가장 가파른
능선이 문지방 능선이라고 하던데, 정말이지 문지방을 박
차고 헬스장으로 가는 일은 매번 저세상 의지를 필요로 한
다…….

오늘도 4개의 네모를 쳤고, 그중 3개의 네모에 체크를
할 수 있었다. 저 멀리 보이는 산을 향해 발아래 쌓인 작은
돌부리를 걷어가며 조금씩 조금씩 전진하는 하루하루다.

그래도 지칠 때면 고품질 다작 소설가, 필립 로스의『에
브리맨』속 유명한 구절을 떠올린다. '영감을 찾는 사람은
아마추어이고, 우리는 그냥 일어나서 일을 하러 간다.'

내
빗
이
라
니
까

내게는 애착 빗이 있다. 정확한 기억은 아닌데 일본 여행에서 가져온 것 같다. 호텔에서 여느 때처럼 쓰고 남은 샴푸며 컨디셔너, 일회용 칫솔 등을 챙기다가 넣은지도 모르고 가져왔는데 몇 년이 지난 지금껏 화장대에 놓고 쓰고 있다.

빗 소개를 하자면, 한 뼘쯤 되는 길이에 폭은 1.5cm 정도. 빗살부터 손잡이까지 전부 플라스틱 소재에 색은 크림

색이다. 빗살 길이도 1.5cm 정도로 짧다. '브러시'라고 부르기엔 모자라다 싶을 정도로 빗살이 빈약한데, 바로 그런 점 때문에 지금까지 즐겨 쓰고 있다. 둥근 두상에 맞춰 아주 약간 활처럼 휘어있다는 것이 유일한 디자인이랄까. 당시 세 평 남짓 비즈니스호텔에서 묵었으니 그리 비싼 소모품도 아니었을 테고, 실제로 누군가가 한두 번 쓰다 버리기에 충분한 빗이다. 객관적으로는.

화장대 서랍에는 두피까지 케어해 준다는 기능성 빗부터 드라이용 롤빗 같은 것도 들어있지만, 아침저녁으로 손이 가는 것은 위에서 공들여 소개한 빗, 단 하나뿐이다.

이 빗을 이렇게나 오랫동안 사용하게 될지 몰랐다. 정확히 말하자면 '쓰고 있다'는 의식도 하지 못한 채 지금까지 함께해 왔다. 손에 쥘 때부터 머리카락과 두피에 닿는 순간까지 오직 빗의 역할을 모난 데 없이 해내는, 매력도 부족함도 없는 빗이다. 이 빗이 모두를 만족시킬 순 없을 테지만, 적어도 나에게는 꼭 맞다. 처음에는 큰 인상을 남기지 못했지만, 쓸수록 거스르는 데가 없어 계속 찾게 된다. 이런 사소한 물건에 운명이라는 말을 가져다 써도 될지 모르겠지만, 나는 지금까지 이보다 더 내게 맞는 빗을 만나지 못했다.

어느 날 빗을 보며 생각했다. '나도 이런 사람이 될 수 있지 않을까' 하고. 어디서 어떻게 내 곁에 왔는지 정확하게 기억나진 않지만 이제 없어서는 안 될 물건이 된 빗처럼, 어느 순간 생활 속에 스며드는 사람이 되어 쓰임을 다하고 싶다는 생각이 든다. 또한 '맞는 사람'으로 기억되고 싶어진다.

최고가 아니어도 괜찮다. 비싼 것이 아니어도 상관없다. 잘나지 않아도 누군가에게는 잘 맞을 수 있다. 그렇게 생각하면 모두에게 가능성이 열려있다고 생각한다. 일회용품으로 호텔 화장실에 버려질 뻔했던 빗이 내게로 와서 맞춘 듯 편안한 빗이 된 것처럼, 나의 한계가 누군가에게는 더없이 편안한 자질이 되기를 꿈꾼다.

　　서로에게 맞는 이를 알아본다는 것이 결코 쉬운 일은 아니지만 불가능한 일도 아니기에 우리에게는 기회와 애정이 필요하다. 침묵 속의 신중함을, 고집 속의 강단을, 허세 속의 두려움을 알아보고 이해하기까지, 서로를 오랫동안 들여다볼수록 너와 나의 삶은 동시에 깊어지고 넓어진다. 서로의 한계가 반갑게 느껴지는 날, 우리는 더 긴 시간을 함께할 수 있을 것이다.

네
약
점,

알
고
리
즘

　얼마 전 인스타그램 앱을 지웠다. 가장 큰 이유는 반복되는 해킹이었지만 다른 이유도 있었다. 팔로우하는 이들의 소식을 볼 수 있는 뉴스피드 외에, 둘러보기를 할 수 있는 탭. 그곳에서 이미 손 쓸 수 없을 정도로 엉망이 된 나의 '필드'가 도무지 마음에 들지 않았기 때문이다. 내가 원하는 나의 정원은 킨포크나 에센셜 채널 톤인데, 현실은 TMI 가득한 옐로저널리즘 1면에 광고 투성이였다.

게다가 원망할 상대도 없다. 내가 어떤 게시물을 클릭하고 그 게시물에 얼마나 머물렀는지, 인스타그램은 모두 알고 있다. 인스타그램뿐만 아니라 페이스북, 유튜브, 어쩌면 세상 모두가 알고 있을 것이다. 우리는 그것을 알고리즘이라 부른다. '알 수 없는 알고리즘에 이끌려'라고 표현하지만, 사실 알고리즘의 대부분은 나에게서 기인한다. 인스타그램에서 남들 몰래 보았던 피지 제거 영상 같은 것들이 연동된 계정을 타고 TV 유튜브에 부지불식간에 올라와 있을 때, 뜨악하는 심정과 함께 몹시도 자괴감이 느껴졌다. 누구를 원망하랴. 말초적 자극에 허덕였던 과거의 나를 드잡이할 수밖에.

스스로 망쳐버린 나의 정원을 보며, 이 모든 것을 밀어버리고 새로 태어나고 싶다는 생각이 들었다. 그러면 인생도 리셋이 가능할 것처럼, 아주 큰 변화가 일어날 것처럼 기대감이 차올랐다. 결국 앱 자체를 지우며 몇 년간 쌓아온 나의 커피 일기와 함께 얼룩덜룩한 피드도 시원하게 날아갔다. 내가 차곡차곡 눌러온 것들을 기어코 내다 버리는 것, 그건 그다지 유쾌한 경험은 아니었다.

그래도 삭제를 감행했던 것은 알고리즘의 그물에 갇혀 있다는 생각이 들었기 때문이다. '잠시 쉬어볼까' 하고 열어본 피드에는 언제나 그 밥의 그 나물 같은 비슷비슷한 이야기가 있었고, 그 이야기들은 알아봤자 한없이 가벼운 사람이 되고 마는 영양가 제로의 인스턴트 같은 것들이 대부분이었다. 몰두가 아닌 매몰이라 해야 할까. 나올 길을 찾을 수 없는 깊디깊은 동굴 속으로 들어가 하릴없이 피드를 탐색했고, 그 동굴에서 간간이 보이는 재미의 잔상을 쫓다 보면 시간이 금방 가버리곤 했다. 그것이 '일찍 자야지' 생각했던 밤이라면 더욱더 허무했다. 인간의 뇌는 재미있고 즐거운 시간을 짧게 느낀다고 하는데, 인스타그램 피드가 재미있고 즐거웠느냐 하면, 어느 정도는 그랬다. 그러나 그 후에 닥치는 허무함이라는 폭풍도 매일매일 더 길어졌다. 이래선 안 됐다. 알고리즘 밖으로 나가야 했다.

새로운 것은 시간도 새롭게 열어준다는 말이 떠올랐

다. 새로운 길에서는 시간도 느리게 간다고, 처음 맞닥뜨리는 외부 자극을 해석하기 위해 머리를 쓰다 보면 상대적으로 시간이 느리게 흐르는 것처럼 느껴진다고 했다. 문득 '시간이 너무 빠르다'고 느껴지던 참이었다. 재미나 힘듦과는 무관하게, 새로운 경험이 필요했다. 내 시간의 주인이 될 필요가 있었다.

떠올려 보면 '안 하던 일'에 관한 명언은 일찍이 나훈아 선생님이 TV 콘서트에서 설파한 바 있다.

"파출소에도 한번 캔 커피 사 들고 '수고하십니다~' 하고 들어가 보세요. 안 하던 일을 하셔야 세월이 늦게 갑니다. 지금부터 저는 세월의 모가지를 비틀어서 끌고 갈 겁니다."

TV 속에서 대가가 인생 동지들에게 던지듯 한 말이 30대인 내 마음을 푹, 하고 찔렀다. 위기감이었다. 이대로 괜찮을까? 내 모가지는 누가 잡고 있지?

이어 나는 내가 왜 예술가가 되지 못하는지 정확히 알게 되었다. 나 선생님의 말씀 속 '안 하던 일'을, 나는 정말

안 하는 사람이기 때문이다. 할 수 있을 것 같은 일, 안전이 보장된 일을 1순위로 삼는 삶에는 '안 하던 일'이 끼어들 틈이 없다. 지루하기는 하지만 불안하지도 않으니까. 둘 중에 하나만 고르라면 당연히 지루함을 골랐을 나의 생활가적 기질이 삼각주 퇴적물처럼 쌓이고 쌓여 진부한 피드로 이어졌을 것이다.

보고 싶은 것만 보고, 듣고 싶은 것만 듣고, 하고 싶은 것만 하는 삶. 그 편향이 편안하던 날도 있었지만, 달라져야겠다는 생각이 들었다. 모두 버릴 수는 없지만 조금씩 조금씩.

새로운 길, 해보지 않았던 경험, 문외한이라 접어두었던 분야, 나답지 않은 행동, 뭐든 필요했다. 처음 먹어보는 음식이 오랫동안 기억에 남는 것처럼, 생애 처음 해보는 짓은 나의 기억에 어떤 식으로든 아로새겨지겠지.

하고서 후회한 일보다 하지 않아서 후회한 일이 더 많다는 건 동서고금 모든 선생들의 공통적인 조언이다. 인스타그램을 지울까 말까 고민한 끝에 '지우는 일'을 실행하면서 나는 전과 조금은 다른 사람이 된 것 같다. 생의 반환점을 겨우 돈 지금부터라도 조금은 다르게 살아보아도 되지 않을까, 전에 없던 용감한 다짐을 하게 된 걸 보면.

응시하는 시간

장담할 수 있다. 세상에서 가장 먼 거리는 내 이마부터 무릎까지 닿는 거리다. 조건은 '윗몸일으키기'를 통해야 한 다는 것. 그렇다, 나는 오늘 20여 년 만에 윗몸일으키기에 성공했다.

윗몸일으키기에는 정석이 있다. 손의 위치가 중요하 다. 양손을 깍지 낀 채 뒤통수에 갖다 대야 한다. 손이 풀리 거나, 귀에 가있거나 한다면 그건 무효다. 너무 심한 반동도 반칙이다. 윗몸일으키기는 복근과 허리로 하는 것. 엉덩이를 새총처럼 튕겨내며 일어나는 것은 윗몸일으키기의 정석으로 볼 수 없다.

서술한 정석대로, 나는 오늘 윗몸일으키기를 해냈다. 그것도 7개나. 기쁘다. 사실은 기쁘면서도 슬프다. 나는 왜 윗몸일으키기 하나에 기뻐하는 인간이 되었나.

윗몸일으키기 하나는 일도 아니던 시절이 있었다. 중학교 3학년 가을날, 체력장이 있던 날이었다. 체력장 점수는 고등학교 입시에도 반영이 됐기 때문에 아이들 모두가 민감하게 굴었다. 누구는 손깍지가 풀어졌니, 누구는 다리 잡아주는 친구가 몰래 횟수를 올려줬니 하며 5호감시제 못지않은 감독이 이어졌다. 그 매서운 눈초리 사이에서 나는 그 어떤 편법도 요령도 쓰지 않고 1분 동안 40개가 넘는 윗몸일으키기를 해냈다. 횟수를 기억하는 것은 40개가 1등급 기준이었기 때문이다. 1.5초에 한 개라니, 믿을 수 없는 숫자다. 1분이라는 제한 시간이 아니었다면 더 많이 해낼 수 있는 체력을 가진 나이였다.

그리고 20년이 더 넘는 시간이 흘러, 시간제한이 없는데도 윗몸일으키기를 단 한 개도 하지 못하는 어른이 서 있다.

코로나19로 실내 생활이 길어졌고, 자연스럽게 살이 쪘다. 가장 심각한 것은 뱃살. 입던 바지 대부분이 꽉 낄 지경이다. 뱃살은 밤의 밀물처럼 내 몸에 밀려들어와 도무지 철수할 생각을 하지 않았다. 몸무게는 덩달아 덩실덩실 인생 최고점을 경신한 참이다. 오래전부터 동네 헬스장을 다니고 있지만 하는 것이라고는 러닝 머신뿐. 고질적인 목 통증 때문에 웨이트는 내게 맞지 않다는 핑계로 그저 걷고 뛰기만 반복해 왔다. 그러다 심각한 뱃살을 인식하게 된 어느 날, 나는 윗몸일으키기 기구, 싯업보드에 앉게 된다.

'역시 뱃살 빼는 데는 윗몸일으키기지, 간단하게 10개만 해보자'는 생각으로 자세를 취했다. 정석대로 손깍지를 뒤통수에 댄 뒤, 배에 힘을 꽈악 주고 끙차 일어날 참이었다. 그러나 내 몸은 꿈쩍도 하지 않았다. 놀라울 정도로 꿈

쩍도 하지 않았다. 애꿎은 목만 굽혔다 젖혔다, 얼마나 용을 썼는지 얼굴에 피가 몰리며 벌겋게 달아올랐다. 아무리 시도해도 어깨 이하로는 전혀 들어올려지지 않았다. 이럴 수가, 나는 내 몸에 졌다.

코로나 이전, 요가를 하면서 이미 '내 몸이 이렇게나 무겁구나' 하고 실감했다. 특히 등과 허리를 모두 들어 올리는 브리지 자세 같은 것을 하고 있으면 양팔과 두 다리가 바들바들 떨려왔다. 아니, 요가까지 갈 것도 없다. 플랭크 자세를 30초만 해봐도 내 몸이 얼마나 무거운지, 그와 반비례해 뼈와 근육은 얼마나 약한지 절감하게 된다.

예전의 나는 윗몸일으키기를 1분에 40개씩 하던 아이였는데, 그 기운차던 아이는 어디로 간 걸까. 과거에는 숨 쉬듯 당연했던 것이 언제부터 내 곁을 떠나 당연하지 않은 일이 되었을까. 가장 두려운 점은 그렇게 변한 나를 인지하지 못하고 살아왔다는 사실이다.

몇 년 전 영화 〈인터스텔라〉를 보고 적어둔 일기가 있다. '나는 새로운 혹은 원하던 세계를 여는 건 선택받은 자의 것이라고 했고, 함께 본 사람은 '너도 할 수 있다'고 했다. 먼 데서 온 신호를 알아채려면 책장 앞에서 정신을 차려야 하는데, 일상은 책장 앞에 설 시간조차 주지 않는다.' 그러니까, 바빴다는 뜻이다. 일상이 나를 가만두지 않으니, 관성대로 타성대로 살겠다는 투정이었다.

영화에서 딸과 아빠는 책장을 사이에 두고 시공간을 초월해 조우하고, 그것을 통해 딸은 오랫동안 고민하던 중력방정식을 풀 힌트를 얻게 된다. 이렇게 희망의 틈을 여는 것이 가능하려면 일단 책장 앞에 서서 응시하는 시간이 필요하다. 바깥에 모래 토네이도가 밀려오니 빨리 출발해야 한다며 동료가 클랙슨을 울려대도 아랑곳하지 않는 강단과 그 모든 주변 환경조차 잊고 마는 집중력이 필요하다. 과거와 현재와 미래를 넘나들며, 혹은 과거와 현재와 미래를 까맣게 잊은 채로 말이다. 나는 다시 손깍지를 뒤통수에 댄 채 싯업보드에 누워 내 근력을 가만히 가늠했다. 참으로 미미하구나…….

흥미롭게도 문화체육관광부에서는 3년마다 국민체력 실태조사를 실시하는데, 거기에는 우리나라 성인의 평균 윗몸일으키기 횟수도 나와있다. 측정 시간은 역시 1분. 2017년을 기준으로 우리나라 35~39세 여자의 윗몸일으키기 평균 횟수는 24.2개라고 했다. 40~44세는 25.2개⋯⋯. 아니, 60대도 13.5개나 한다고요?

어떻게든, 어디서든, 선 바깥에 있는 것을 두려워하는 성미에 맞게 나도 저 숫자 안으로 들어가야 했다. 매일은 어렵고, 일주일에 2~3회 헬스장에 갈 때마다 싯업보드에 누워 혼자만의 도전을 벌였다. 처음에는 손을 배에 얹고 시작했다. 배에 힘이 모인다 싶으면 손을 귓불에 갖다 대고 허리를 절반만 눕혔다 세우길 반복했다. 그러다 중간중간 정석대로 윗몸일으키기를 시도했지만 마음처럼 되지 않았다. 으아악 소리라도 지르고 싶은 심정이었다.

그렇게 3주가 흘렀고, 나는 비로소 윗몸일으키기를 해 냈다. 얼결에 한 개를 해내고는 그 감각을 잃어버릴까 연거푸 몸을 일으켰다. 7개. 힘들어서 얼굴이 터질 것 같았지만, 묶었던 머리는 엉망이 되었지만, 상관없다. 나는 윗몸 일으키기를 할 수 있는 중년으로 거듭났다.

잃어버린 것을 찾으려면 잃어버렸다는 사실을 먼저 깨달아야 한다. 전에 없던 새로운 세계로 가려면 지금 있는 곳이 어딘지 알아야 한다. 그 모든 시작에 차분한 응시의 시간이 필요하다는 것을, 노력은 그다음 단계에 반복적으로 이뤄져야 한다는 것을, 숨을 몰아쉬며 생각했다.

　수집욕이 별로 없음에도 모으고 싶은 것이 한 가지 있는데 그건 책상이다. 가구로서의 책상이 아니라 이야기가 깃든 장소로서의 책상을 내 안에 모으고 싶다.

　같은 이유에서 호텔 책상을 좋아한다. 원고 마감과 수정이 생활이라 언제나 노트북을 가지고 다니는데, 자연히 호텔 책상과 얽힌 기억도 많다. 그리 대단한 기억은 아니다. 콘센트에 전원을 꽂고, 노트북을 펼치고, 호텔 생수를 옆에 두는 것만으로도 작업 공간이 완성된다. 그것만으로 내가 여행자이면서도 일상에 발을 담그고 있는 생활인으로서 호텔 책상 앞에 존재한다는 감각이 좋다. 일상과 비일상의 경계를 넘어 다니는 부지런한 사람이 된 듯한 기분이 든다.

파리에서 머문 첫 호텔에서는 '오늘 안에 전부 마감하고 남은 일정 동안 노트북을 열지 않겠다'는 각오로 밤을 새워 일했다. 8시간 동안 비행기를 타고 왔기에 더 이상 노는 시간을 쪼개 쓰는 것은 아까운 일이었다. 가로에 비해 세로가 지나치게 짧은 납작한 책상에 앉아 벽을 보며 원고를 썼다. 책상 바로 위에 TV가 달려있었고, TV에서는 연금 개혁에 반대하며 시민들이 벌인 파업과 시위 소식이 이어지고 있었다. 저들의 일상과 나의 일상이 뒤섞이는 순간, 그런 보잘것없는 순간들이 기억이 되고 추억이 된다.

전남 완도의 한 한옥에서 노트북을 열었던 날도 기억난다. 이틀짜리 출장 촬영이었는데, 원고 수정이 필요했고 결국 노트북을 열었다. 한옥이라 책상이랄 것이 없어서 노트북을 무릎에 올려놓고 쓰느라 노트북은 진짜 랩탑이 되어야 했다. 그 모습이 안쓰러웠는지 한옥 주인이 주안상으로 쓰던 자신의 상을 내어주었다. 아마 그때부터 숙소를 고를 때 책상에 눈을 두기 시작했던 것 같다.

　김영하 작가가 한 방송에서 말한 '호텔에는 일상의 근심이 없다'는 데 매우 동의한다. 닦고 치울 것들, 어제의 상처와 기억들이 뒤섞인 집안에 비해 호텔에는 그저 오늘이 있을 뿐이다. 특히 호텔 책상에 놓인 각종 안내문을 보고 있으면 '음, 지킬 것은 이 정도뿐인가' 하는 기분 좋은 속박감이 밀려든다. 흡연, 취사, 고성방가만 하지 않아도 나는 호텔에서 꽤 괜찮은 인간이 될 수 있고, 수영장, 사우나, 조식이라는 정해진 서비스를 누리는 것만으로도 나는 안전하고 새로울 수 있다. 무엇보다 호텔에 책상이라는 가구가 있다는 사실 자체가 좋다. 욕실부터 침대까지 먹고, 자고, 씻고, 입고 벗는 본능적인 일들을 해결하기 위한 인테리어 사이로 일견 무용해 보이는 책상이 자리하고 있다는 사실이 기특하다. 물론 호텔에 와서 책상에 단 한 번도 앉지 않는 사람도 있을 것이고 책상에서 화장이나 그 밖의 것을 하는 사람도 있겠지만, 누가 뭐래도 책상은 책상이다. 호텔방 가운데를 당당하게 차지한 지성의 보루. 이 책상에는 누가 앉았을까, 어떤 일을 했을까, 어떤 메모를 하고 어떤 결정을 내렸을까. 먼 데까지 와서 책상에 앉아야 했던 또다른 사람들의 이야기를 듣고 싶다.

　다시 여행지에서 만난 책상 이야기로 돌아간다. 상해 대한민국임시정부에서 본 책상들은 참 낮고 작았다. 김구 선생의 집무실 책상부터, 입법부 책상, 사법부 책상, 행정부 책상까지 실물 크기를 훌쩍 넘어선 그 역사적 크기를 어떻게 설명할 수 있을까. 낮고 작던 그 책상은 곧 정부이자 독립이었을 텐데.

　제주 김영갑갤러리에서 본 작가의 책상도 인상적이었다. 오른쪽으로 창밖이 보이고 앞으로는 사진집과 자료들로 빼곡한 책장이 있는 풍경. 언제나 한라산과 오름을 다니며 자연과 호흡했을 사진작가가 책상에서는 어떤 풍경을 꿈꿨을지 궁금해지는 공간이었다. 최근에는 창원의 문신미술관을 다녀왔는데 그곳에서도 책상을 볼 수 있었다. 작가는 키가 컸다고 들었는데 그에 맞게 책상도 가로세로 모두 드넓었다. 책상이 아닌 장소에서 예술을 일구어 온 이들에게 책상은 어떤 의미인지 질문하고 싶어졌다.

만약 지금 내 책상을 공개한다면 어떨까. 내가 어떤 사람인지 얼마만큼 보일까. '노트북 거치대가 따로 있는 걸 보니 거북목이 있는 모양이군. 영수증 파쇄기가 있는 걸 보니 개인정보에 민감한 모양이군. 손톱깎이가 연필꽂이에 있다니 수시로 손톱 손질을 하는 모양이군. 그런데 뭐 하는 사람이지?'……이래서야 곤란하다. 좀 더 글 쓰는 사람처럼 보이는 뭔가를 책상에 두어야겠다.

오랜 시간 '내 방'이 없었다. 나는 책상에서 울고 책상에서 자랐다. 내 첫 책상은 상판 아래로 서랍이 두 칸 딸려 있고 책상 위에 책꽂이를 얹어놓은, 말하자면 독서실 책상과 비슷한 형태였다. 책꽂이 부분에는 형광등이 달려있었는데, 눈부심을 방지하기 위해 앞쪽으로 반투명한 플라스틱

장식이 있었고 그 그림이 무엇이냐에 따라 오빠 책상과 내 책상을 구분할 수 있었다. 그 책상에서 나는『보물섬』*도 보고 종이 인형도 자르고 비상금도 숨겨가며 시간을 보냈다. 이사를 한 뒤에도 여전히 내 방은 없어서 책상이 방이자 도피처 역할을 해주었다. 형광등 불빛이 아늑했던, 서랍마다 비밀이 가득했던 그 책상이 없었다면 나는 이만큼 자라지 못했을 것이다.

결혼 후 한동안은 식탁을 작업 공간으로 썼지만 이내 책상이 필요하다는 걸 깨달았다. 오른쪽에는 스탠드가, 왼쪽에는 책과 연필꽂이가 있는 전형적인 풍경만으로도 더없이 큰 위로를 받는다. 읽다 만 책과 쓰다 만 글, 고등학생 때부터 써온 스테이플러와 여러 시대의 취향이 뭉뚱그려진 문구들을 든든하게 받치고 책상은 오늘도 나를 품어준다. 책상은 나를 여전히 아이로 살게 하고, 더 나은 어른으로 크게 한다.

•   1982~1996년 발행된 어린이 만화잡지

인
생
도

디
렉
팅
이

되
나
요

챙겨보던 드라마가 막을 내렸다. 드라마가 남긴 여운이 너무 길어 종영과 함께 완전히 떠나보내지 못하고 관련 영상을 찾아보고 있다. 하이라이트, 배우들이 홍보차 찍은 코멘터리, NG 장면……. 가장 즐겨보는 건 메이킹필름인데, 배우들의 날 것 같은 모습도 좋지만, 무엇보다 인상적인 것은 감독의 디렉팅 장면이었다.

한 호흡으로 가야 하는 신을 앞두고 리허설이 한창이

었는데, 배우가 감독에게 어디다 시선을 두고 대사를 해야할지 모르겠다며 상의하고 있었다. 배우가 "이래도 되지 않을까요?" 의견을 말하자 감독은 어느 대사에는 이쪽, 또 어느 대사에는 저쪽, 한 문장 안에서도 디테일하게 시선을 나눠달라는 대답을 내놓았다. 또 다른 리허설에서는 배우에게 아이스크림 뚜껑을 언제 열어서, 언제 한 입 먹고, 언제 웃음을 지으면 될지 역시나 디테일하게 주문하고 있었다. 게다가 그 모든 움직임과 시선엔 다 그만한 이유가 있었다.

수십, 수백 명이 함께 일하는 현장에서 어떠한 확신을 드러낸다는 것은 결코 쉬운 일이 아니다. 배우와 스태프들에게 가이드를 넘어 확신을 주는 일이 감독의 몫이긴 하나, 그런 제 몫을 매 신마다 해내는 감독은 그리 많지 않을 것이다. 자신이 만드는 작품이 어떤 배경에 근거하여 어떤 지향점을 향해 가고 있는지, 단단한 소신을 가지고 있는 사람만이 보여줄 수 있는 자신감이다.

배우와 스태프들이 물음표를 가질 때, 대본 바깥에 있는 상황과 감정까지 가져다 술술 이야기해 주는 감독. 그런 세계관과 확신을 갖기까지, 감독은 작가와 얼마나 많은 이야기를 나누었을까. 감독은 작가를 얼마나 믿고, 작가는 감독을 얼마나 믿는 것일까. 정답이 없는 스토리의 세계에서 그만큼의 확신을 얻기까지, 감정과 대사와 동선이 기꺼이 받아들여지기까지, 얼마나 많은 장면을 복기하고 또 복기했을까. 치열한 사유 끝에서 확신에 찬 디렉팅과 완벽한 연기가 만나는 순간, 그 몰입의 결과물을 TV로 편안하게 볼 수 있다는 것이 고맙게 느껴졌다.

'가장 최상의 장면을 만들고 싶다면 이 사람에게 물어보면 된다'고 믿고 갈 수 있는 사람, 그런 사람이 현장에 있다는 사실은 함께 일하는 사람에게 굉장한 힘이 된다. 해보고 또 해보고를 반복하면서 개중 좋은 것을 골라 쓰는 방식에 지친 사람이라면 더욱더 그가 메시아처럼 느껴질 것이다.

여전히 드라마의 여운에서 벗어나지 못했다. 어떤 이가 홀연히 나타나서 더 이상 네 인생에 NG는 없다고, 정해진 대사와 액션만 잘하면 한두 번의 도전만으로도 최상의 것을 얻어낼 수 있다고, 확신에 찬 디렉팅을 해주는 장면을 상상한다. 내게 주어진 시나리오를 미리 볼 수 있다면 더욱 좋겠지. 그렇게 힘들이지 않고 최고의 신을 얻어내고픈 마음, 이것도 드라마가 남긴 후유증이다.

누군가에겐 유작

    TV 속 긴 머리의 가수는 자신과 싸우고 있었다. 정확히 말하면 자신의 노래와 싸우고 있었다. 20년 전에는 몇 번이고 내리 불러도 거뜬했을 노래가 지금은 도무지 만만치가 않은 거다. 너무 자주 불러서 퇴색된 박자, 콱 막힌 음정, 세월과 함께 나이 든 성대 같은 것들이 무대에서 고스란히 드러났다. 자신도 알고 있었을 것이다. 나는 20년 전의 내가 아니라는 것을. 더 무서운 것은 대중들은 20년 전 그의 실력을 기억하고 있다는 사실이다. "예전에는 노래

잘하더니……." 뒷말을 듣기도 전에 가수는 이미 기진맥진
했겠지.

　방송 일을 하면서 점점 겁이 많아졌다. 일을 처음 시작
할 때만 해도 본방송과 재방송 개념이 명확했다. 지역에서
일하는 특성상 연예인보다는 비연예인, 즉 일반인 섭외가
많은데, 일반인 출연자에게 온에어 시간을 알려주며 "꼭
챙겨보세요"라고 연락을 돌리는 것이 일의 마침표였다. 그
러다 케이블과 인터넷이 발달하고 시골 어르신들도 유튜
브를 즐겨보면서 본방송과 재방송이 무의미해졌다. 더 이
상 방송 시간을 알려주지 않아도 '다시 보기'와 유튜브로
보고 싶은 만큼 볼 수 있게 되었다. 섭외를 하면서 마치 큰
혜택인 것처럼 "유튜브로 언제든 다시 보실 수 있어요!" 말
한 것도 잠깐. 보고 싶을 때마다 볼 수 있다는 것은, 보여지
고 싶지 않을 때에도 보여져야 한다는 의미이기도 했다.
고민은 여기서 시작됐다.

　일하면서 이런 전화를 받기도 했다. "돌아가신 어머니

가 자꾸 나오는 게 싫다"며 영상을 내려달라는 요청이었
다. 15년 전쯤 만든 방송이었는데, 제작물 아카이빙 겸 추
억팔이용 콘텐츠로 유튜브에 올린 영상을 누군가가 보고
유족에게 제보한 모양이었다. 심각하거나 논란이 있는 내
용도 아니었고, 그분이 딱히 주인공인 영상도 아니었지만,
생각지 못한 곳에서 돌아가신 어머니를 보는 마음은 또 그
것대로 이해가 되어서 "그렇게 하겠습니다" 대답했던 기
억이 난다.

　출연자 섭외가 점점 어려워지는 것도 비슷한 이유다.
촬영이 곧 박제를 의미하는 시대. 내가 누군가를 그 사람
이 원치 않는 모습으로 박제하고 말까 봐 겁이 난다. 그렇
다고 늘 꽃 피고 새 우는 아름다운 이야기만 할 수도 없는
노릇이라서 때로는 우는 모습도 담게 되고, 세상을 향해
싫은 소리 하는 것도 담게 된다. 그런 취약한 순간들조차
인터넷에 길이길이 남는다는 것이 당사자들에게 어떤 의
미일지 짐작조차 하기 싫어서 점점 섭외 전에 큰 한숨을
쉬게 된다(그래도 방송이 계속되는 건, 당신의 삶이 이렇게 저렇

게 기록되고 불특정 다수에게 노출된다고 말해도 그것을 기꺼이
받아들이는 배포 큰 사람들 덕분이다. 항상 감사하게 생각한다).

　　고백하자면, 댓글에 인색하다. SNS에서 누군가의 기쁜
소식, 황당한 소식, 슬픈 소식을 보고도 마음으로만 찬탄
하고 분노하고 슬퍼할 뿐 그런 심정을 댓글로 남기지 않는
편이다. 왜 댓글 한 줄이 그렇게 어려울까 생각해 보면 가
장 큰 이유는 남들 반응이다. 업계에서 최악으로 치는 '재
미도 없고 의미도 없는' 댓글일까 봐 그게 가장 두렵고, 댓
글을 본 당사자의 반응도 두렵다. 혹시라도 나와 다른 생
각의 대댓글이 달릴까 무섭고, 대댓글이 없으면 없는 대로
그것이 서운해질까 걱정이다. 모두의 동감을 얻을 만큼 폭
넓은 식견을 가진 것도 아니고, 댓글로 매번 스트라이크를
넣을 만큼 재치가 만발한 것도 아니니까. 스스로의 영향력
을 과신하고 있다는 걸 알면서도 매번 망설이고 망설인다.
변덕이 심한 것도 있다. 어제 피드를 봤을 때는 심장을 꿰
뚫는 것 같더니, 오늘은 아무런 감흥도 없을 때. 그 황량한
갭에 나의 호들갑이 남아있다 생각하면 견딜 수가 없다.

결국 아무것도 쓰지 않는다.

어쨌든 말과 글로 먹고사는 직업이다 보니 어디든 글로 흔적을 남기는 것이 점점 부담스럽고 어려워진다. 내가 무심코 남긴 글이, 누군가가 보았을 때 사회적 유작으로 기능한다는 점도 마음에 걸린다. SNS 특성상 오프라인에서 만날 가능성은 낮고, 몇 줄의 글만으로 나를 상상하고 판단하는 사람이 있을 수밖에 없는 세상이니까. 한 번 더 생각하라고, 아무렇게나 남긴 줄글이 너를 보여주는 마지막 페이지가 될 수도 있다고, 자꾸만 안에서 경고등이 울린다.

지나치게 조심스럽다는 것도 안다. 스크롤 한 번이면 끝날 텐데 뭘 그리 유난이냐는 말에도 동의할 수 있다. 하지만 나의 단면을 펼쳐놓을 곳은 내가 정하고 싶다. 나라는 사람을 재단할 수 있는 힌트는 최대한 접어두고, 긴 맥락 속에서 이해받고 싶다. 일반인을 TV에 모시면서도 가능한 이런 마음을 잃지 않으려고 한다. 최대한 잘 자르고

잘 다듬어, 그의 생을 한 토막만 차려도 이해되도록. 그것
이 유구하게 남겨질 기록에 대항할 수 있는 유일한 무기라
생각하면서.

8

우
리,
사
이
가
안
좋
아

그날따라 버스는 급정거가 잦았다. 기사님이 브레이크를 밟을 때마다 목이 휘청거렸다. 휴대전화를 들여다보고 있다가는 멀미가 올 것 같아 멍하니 앞으로 시선을 두고 있었다. 또 한 번, 버스가 휘청했다.

정류장이 가까워지자 할머니 두 분이 일제히 일어났다. 그러자 기사님이 외쳤다. "버스가 좀 멈추면 일어나이소. 새 차에다가 전기버스라 길이 안 들어서 팍팍 섭니다."

그랬구나. 어디선가 전기차는 회생제동 때문에 브레이

크 감도가 높다는 이야기를 들은 적이 있는데, 그래서 자꾸만 급정거하는 느낌이 들었구나. 단번에 이해할 수 있었다. 그날 나는 '130번 버스'라는 제목의 드라마 1회를 본 듯한 기분이었다.

드라마에는 사연 있는 사람들이 등장한다. 그리고 그 사연이 언제 드러나냐를 중심으로 극이 흘러가는 경우가 많다. 주인공은 사연이 있어 사랑을 받으며, 악역도 서사가 쌓이면 이해를 얻게 된다. 드라마와 달리, 사람들은 자신의 이야기는 감추고 싶어 하고 남의 이야기는 조망하고 싶어 한다. 그만큼 자기 고백은 어렵다. 그날의 버스 기사님처럼, 자신이 처한 상황을 솔직하게 말하는 사람을 만나면 떠오르는 얼굴이 하나 있다.

삼촌과 숙모는 우리 남매를 방학 때마다 집으로 초대해 일주일 정도 사촌들과 함께 지내게 해주었다. 삼촌 집에는 아이들이 많았고 우리 남매와 나이도 비슷해 함께 놀기 좋았기 때문이다. 아빠가 병원 생활을 시작하고 몇 년 뒤 돌아가시기까지, 엄마가 짊어져야 했던 생활의 고단함을 덜어주려는 마음도 있었을 것이다. 그렇게 숙모는 총 여섯 명의 아이를 돌봐야 했고, 그건 지금 생각해도 쉽지 않은 일이 분명하다.

어느 해 여름방학으로 기억한다. 숙모는 그날 메뉴를 해파리냉채로 정했다. 삼촌네에서는 자주 먹던 음식 같았지만 내겐 처음이었다. 내가 호기심을 보이며 옆에서 지켜보자 요리하던 숙모가 말을 건넸다. "먹어볼래?" 고개를 절레절레 흔들자, 숙모는 재료를 하나하나 설명하며 이것이 얼마나 보통의 음식인지 설득하기 시작했다. 이건 당근, 이건 오이, 이건 해파리, 그리고 이건 겨자. 겨자라는 걸 난생 처음 봤다는 나를 보고 숙모는 눈이 동그래지더니 이내 옅게 웃었다. "조금만 먹어봐."

못 이기는 척 해파리 한 가닥을 우물거리는 나를 보다 말고, 숙모가 말했다. "네 삼촌이랑 사이가 안 좋아. 집 분위기가 좀 그렇지?"

사실은 몰랐다. 우리 남매가 오기 전, 삼촌과 숙모는 한참을 다퉜고 그 싸늘한 공기가 채 가시지 않은 상황이었다는 걸. 다툰 이유까지 내게 말해주었는지는 잘 기억나지 않지만 '우리, 사이가 안 좋아'라는 고백은 또렷이 기억난다. 그리고 그런 고백을 조카인 내게 했다는 것에 내심 놀랐던 기억이 난다.

언제나, 괜찮다고 말하는 사람이 많았다. 괜찮다고, 아무 일도 없다고, 그러니 묻지 말아달라고. 묻지 말아달라는 말까지 직접적으로 하지는 않았지만 어느 상황으로부터 나를 떼어놓으려는 분위기는 확실히 읽을 수 있었던 그런 날들. 분명 그림자가 져있는데 나를 억지로 그림자 밖으로 밀어내려는 움직임. 내가 어려서였을까. 어리니까 아직 몰라도 돼, 그러니까 지금 묻지 마. 그래서 불화를 드러내는 숙모의 말은, 내게 새로운 지평이었다.

어린 조카에게 불화를 고백한 숙모의 마음은 어떤 것이었을까. 1년에 두 번, 특별한 추억을 기대하며 찾아온 조카에게 별다른 이벤트를 해주지 못한 미안함이었을까. 아니면 이런 상황에서도 남편의 핏줄을 거둬 먹여야 하는 지긋지긋함에서 오는 푸념이었을까. 어느 쪽이든 상관없었다. 덕분에 숙모가 그저 숙모로 보이지 않고, 여러 겹의 이야기를 가진 한 사람으로 보이기 시작했으니까.

몇 년의 시간이 흐르고, 고등학교 마지막 겨울방학 때도 나는 그 집에서 이틀인가 사흘인가를 머물렀다. 숙모는 집을 나서기 전, 내게 점심 때쯤 가게로 오라고 했다. 동생들과 점심을 챙겨 먹고 가게로 갔더니 숙모는 옆 가게 주인에게 "언니, 대신 좀 봐줘" 말하고 내 손을 잡아끌었다. "우리 조카, 입학 선물 사줘야지."

'선물'이라는 말도 좋았지만, 그 다정함에 가슴이 뛰었다. 그 두근거림은 옷가게에 발을 디디며 더욱 커졌다. 친구들과 드나들던 보세 옷가게가 아닌, 딱 스무 살이 입을 법한 여성 브랜드 옷가게에 들어선 참이었다. 대학 입학을 앞둔 내게 숙모는 따뜻한 겨울 외투를 사주고 싶어 했지만, 나는 어쩐지 화사한 색깔의 봄옷이 갖고 싶어졌다. 지금까지 내겐 없던 종류의, 입으면 어른처럼 보일 만한 그런 옷. 그렇게 빨간색 코트를 골랐다. 후드가 달려있어 조금은 발랄해 보이는 트렌치코트였다. 2월에 입기에는 턱도 없이 얇은 옷이었지만, 나는 그 옷이 너무 마음에 들어 부득부득 입학식에 입고 갔다.

그즈음 이미 삼촌과 숙모는 이전보다 더 사이가 멀어진 후였다. 그럼에도 조카라며 입학 선물을 사준 숙모의 마음을, 이해할 수 있을 것 같기도 하고 어렵게 느껴지기도 한다. 다만 자신의 사연을 기꺼이 들려준 마음에 대해서는 지금도 고맙게 생각한다. '너는 몰라도 돼'라며 나를 밀치는 말이 아니라 '너는 이해할 수 있지'라며 나를 당기는 말이어서 고마웠다.

그 후로 누군가가 자기 고민의 무게를 내게 옮겨올 때마다 나는 기꺼운 마음이 되었다. 언젠가 약점이 되겠거니 계산하지 않고, 진솔하게 말을 걸어오는 사람을 이길 수 있는 방법은 없었다. 여전히 나는 아무 일도 없는 척, 아무렇지 않은 척, 괜찮다고 말하는 날이 많은 겁쟁이라서, 내

게 괜찮지 않음을 고백해 오는 사람의 대담한 마음을 도무
지 저버릴 수 없는 것이다.

4부

햇빛을 따라서

어떤 안간힘

문을 열자 퀴퀴한 냄새가 쏟아졌다. 오랫동안 환기를 하지 않아 먼지가 고여있는 냄새, 사람의 흔적을 채 닦지 않고 밀폐해 버린 냄새였다.

오래된 이야기다. 20년 전 할머니가 살았고, 그보다 더 오래전에는 온 가족이 살았던 2층짜리 양옥주택. 일련의 일들로 우리 가족이 분가를 하고, 할머니 할아버지가 머물면서 남은 방에 세를 주며 살던 시절이었다. 집은 총 네 가구가 살림을 꾸릴 수 있는 구조였다.

어느 해, 방 두 개에 작은 부엌이 딸린 2층 안채에 40대 남자와 두 딸이 세를 들었다. 옆 동네에 살던 남자는 박카스와 막걸리를 사 들고 와서 할아버지 앞에 앉았고, 이내 계약이 성사되었다. 공인중개사를 부르지 않고 임대인과 임차인인 할아버지와 남자 두 사람이 직접 계약하고 도장을 찍었다. 그때도 이미 지은 지 오래된 집이었기에 보증금도 월세도 비싸지 않은 수준이었는데, 남자는 월세를 깎아달라고 했던 모양이다. '그 금액으로는 안 된다'는 할머니의 반대에도 계약은 성사되었고, 남자는 다음 날 바로 두 딸과 함께 이사를 왔다.

문제는 할아버지가 돌아가신 뒤, 할머니가 혼자 집을 관리하기 시작하면서 일어났다. 남자는 이전보다 자주 술에 취해 1층 마당에서 큰소리를 냈고, 월세를 내지 않는 달도 잦아졌다. 할머니는 전화로 엄마에게 "어쩌면 좋겠냐, 내가 그렇게 반대했는데"라며 하소연했다. 이전에 살던 집에서부터 문제를 일으키던 남자였고, 원래부터 소문이 나쁜 치였다면서, 사람을 조심해서 들이지 않은 할아버지를 원망했다.

할머니도 가만히 있지는 않았다. 몇 번이고 경고를 주고 월세를 독촉했다. 달라진 것이 있다면 두 딸이 먼저 집을 떠났다는 거였다. 막 들어와 살기 시작했을 때는 학생이었는데, 동생이 고등학교를 졸업하자마자 자매가 함께 떠난 것 같았다. 할머니는 남자의 행패가 심해진 것이 딸들이 집을 나갔기 때문이라고 했다.

몇 번인가 경찰이 다녀가고 엄마 입에서 '법무사'라는 단어가 나오기 시작할 즈음, 남자는 사라졌다. 보증금은 이미 닳도록 썼고 월세는 1년 치가 밀린 채 남자는 야반도주를 했다.

곧장 남의 살림을 들어낼 수 없어 며칠을 기다렸다. 월세도 받아야 했기에 엄마와 할머니는 집 가까이 있는 동부경찰서를 찾아갔다. 경찰서에서 새롭게 안 사실도 있었다. 남자는 수족관 만드는 일을 했는데, 돈만 받고 일을 해주지 않아 사기 혐의로 수배가 걸려있다는 사실이었다. 그동안 밀려있는 우리 집 월세보다 훨씬 큰 금액이라고 했다.

　남자의 이야기가 내 관심에서 잊혀져 갈 무렵, 엄마는 내게 그 집 청소를 해야 하니 같이 가자고 했다. 청소를 할 수 있다는 건 남자의 소재가 파악됐다는 뜻이었다. 집에서 멀지 않은 어시장에 남자가 종종 모습을 드러냈고, 실력 좋은 형사가 딱 하루 잠복 끝에 잡았다는 이야기도 들었다. 그러니 해결 볼 일이 있으면 오라는 말에, 할머니와 엄마가 경찰서 유치장에 다녀온 거였다. 아무리 이야기를 나눠봐도 남자는 월세를 변제할 능력이 안 됐고, 그저 '집 안의 짐을 빼고 처분해도 아무런 이의를 제기하지 않겠다'는 각서만 받아들고 돌아왔다고 했다.

　여기까지가 남자에 대해 전해 들은 이야기였다. 박카스 한 박스 사 들고 와서는 말만 번드르르하게 늘어놓더니, 결국은 월세 떼먹고 야반도주한 남자. 매일 술이나 마시고 딸들과 싸우던 남자. 그걸로도 모자라 사기나 치고 다니는 남자. 엄마와 나는 그런 남자가 살던 집을 치우기 위해 몇 달 동안 잠겨있던 문을 열었다.

　문을 열고 보니 왼쪽 방은 남자가 쓰고 오른쪽 방은 두 딸이 쓴 것 같았다. 오른쪽 방은 비교적 깨끗했다. 자매가 나가면서 웬만한 짐은 다 가지고 간 듯했다. 덩그러니 놓인 옷장에 이불 몇 장과 남자의 양복, 그리고 교복이 걸려 있었다. '얼마나 여기에서의 시간이 싫었으면……' 교복을 두고 간 것이 한 시절을 도려내고 싶어 하는 안간힘처럼 느껴졌다.

문제는 왼쪽 방이었는데, 어제까지도 지냈던 것처럼 생활감이 남아있었다. 이불은 개지 않은 채 바닥에 깔려있었고, 파리채며 재떨이며 더러운 것들이 이불과 뒤엉켜 있었다. 엄마와 나는 퀴퀴한 냄새의 주범인 이불을 꺼내어 1층 마당으로 던졌고, 근처 고물상에서 그 물건들을 가져갔다. 돈 될 만한 것을 팔아 월세 받는 셈 쳐야겠다는 계획은 애초부터 물 건너간 일이었다. TV도, 라디오도, 아무튼 전기가 통하는 물건은 하나도 없었다. 도망가는 와중에도 돈 될 만한 것은 어떻게든 가져간 모양이었다.

예상치 못한 대청소에 동원됐다는 사실이 처음부터 귀

찮았던 나는, 비루한 살림을 보며 더욱 머리가 아파왔다. 서랍장과 옷장 같은 가구는 상태가 나쁘지 않아서, 혹시나 다음 세입자에게 필요할까 두어보기로 했다. 서랍장마다 물건이 가득해서 그것도 모두 꺼내야 했는데, 몇 가지 물건 앞에서는 한숨이 났다.

가장 눈에 띈 것은 〈성공시대〉 비디오테이프. 〈성공시대〉는 MBC에서 방송했던 교양 프로그램인데, 주로 기업인들이 어떻게 위기를 헤쳐나갔고 어떻게 성공한 인생을 살게 됐는지를 다뤘다. 남자의 방에는 '시즌1'이라 할 수 있는 방송분의 비디오테이프가 있었는데, '1화 정주영'부터 차례대로 회차 정보가 적힌 스티커가 붙어있는 걸로 봐서는 정식 판매용 같았다.

어쩌다 남자 손에 들어온 물건인지는 모르겠지만, '성공시대'라는 글자를 보고 나니 문득 남자의 삶이 궁금해지기 시작했다. 그건 IMF 외환위기가 터진 1997년에 시작된 프로그램이었으니까. 말하자면 돈과 희망을 잃은 사람들을 타깃으로 한 프로그램이었으니까. 그런 신화적인 이야기에 매료되다 못해 비디오테이프까지 시리즈로 구입한 남자의 심정이 내게 조금씩 밀려들기 시작했다.

얽히고 꼬인 충전기며 전선 뭉치를 걷어내고 나자, 수첩도 여러 권 나왔다. 일정이 꽤 빼곡하게 적힌 달도 있었지만 대부분은 비어있었다. 일하지 않은, 혹은 일하지 못한 날이 더 많은 듯했다. 통장도 여러 개 발견됐다. 명의는 모두 남자의 이름으로 되어있었지만, 남자의 이름 옆에 또 다른 이름들이 있었다. 볼펜으로 괄호 쳐서 적어 넣은 이름들. 어떤 것은 딸 이름인 듯했고 또 어떤 것에는 '엄마'라고 적혀있었다. 오래전 끊어진 날짜에 채 한 페이지도 채우지 못한 적금통장이었다. 통장은 남자의 삶을 핍진하게 보여주고 있었다.

박카스를 사 들고 우리 집을 찾아왔을 때만 해도, 남자는 자신이 월세를 잔뜩 밀린 채 도망치듯 이 집을 나가게 될 것이라고 상상하지 못했을 것이다. 적금통장을 만기까지 가득 채워 어머니에게, 두 딸에게 내미는 날을 상상하며 새집에서 새날을 시작하고 싶었을 것이다.

하지만 인생은 뜻대로 되지 않았고, 뜻대로 할 수 있는 몇 가지 것들에 차차 침식됐겠지. 이를테면 술과 주정 같은 것들. '세상이 도와주지 않는다'고 원망하는 것들. 그렇게 눈을 질끈 감으며 사기도 치고, 월세도 모른 척하고……. '될 대로 돼라' 싶어지는 순간에 항복하고 말았을 어느 지점을 떠올리자, 이제 남자 욕은 그만해도 될 것 같았다.

실패 이면에 남겨진 것들은, 가령 넣다 말은 적금통장 같은 것들은 살면서 보지 않는 것이 좋을지도 모르겠다. 만기 된 적금통장은 보람과 희열 그 자체지만 넣다 만 적금통장은 실패의 증표니까. 그러나 그 남루한 살림들 사이에서 나는 어쩐지 생의 의지 비슷한 것을 확인한 기분이었다. 그건 '이렇게는 살지 말아야지' 하는 비교가 아니라, '그럼에도'가 주는 반작용에 가까웠다. 인생 시나리오에는 없던 단칸방, 남은 가족마저 떠나고 사업에도 그늘이 드리운 날들. 그런 날들에서 벗어나기 위해 어느 날은 굳센 다짐

을 했다가, 어느 날은 선언하듯 포기했을 어떤 안간힘을
상상하면서, 나는 조금은 무감해진 마음으로 남은 방을 치
워나갈 수 있었다.

이
유
를

알
아
야

죠

주변에는 아파트키드가 많지만 나는 태어났을 때부터 대부분의 시간을 주택에서 살아왔다. 아파트라고 부를 만한 공동주택은 서른이 되어서야 살기 시작했고, 더불어 층간소음이라는 것도 그제야 감각하며 살게 되었다. 겪어보니 층간소음은 실로 다양했는데, 예상치 못한 소리들을 접하며 한 가지 깨달은 사실이 있었다. 내가 그 무엇보다 '왜'에 집착한다는 사실이었다.

　　우리 부부의 첫 집이자 지금 살고 있는 아파트는 5층이
고, 위층인 6층은 안타깝게도 꽤 층간소음이 심한 편이다.
낮에는 조용했다가도 꼭 밤이면 쿵쿵대는 소리가 들려 경
비실에도 이야기해 봤지만, 그러고도 차도가 없어 직접 찾
아간 날도 있었다. 무슨 일이냐며 문을 여는 남자 뒤로 태
권도 도복을 입은 채 빼꼼히 내다보는 아이의 모습이 보였
다. 그래, 발차기 연습을 하고 있었던 모양이구나…….

　　가장 견딜 수 없는 건 밤 10시가 넘는 시간에 배려 없이
쿵쿵 걷는, 소위 '발망치'다. 이건 분명 아이의 태권도 연습
이 아니라 어른의 발소리다. 투시하듯 직감할 수 있는 소리
였지만 의문은 사라지지 않았다. 아니, 대체 이 시간에 왜
이렇게까지 큰 소리가 나지? 맞벌이 부부인 것 같던데 청
소할 시간이 이 시간밖에 없나. 아니면 우리더러 복장 터
져 보라고 항의하듯 일부러 쿵쿵 걷는 건가. 그런데 왜 자
꾸 거실 이쪽 끝에서 저쪽 끝까지 왔다 갔다 하는 거지?

　　그러던 어느 날, 엘리베이터에 붙은 안내문을 보았다.
리모델링 공사로 당분간 소음이 발생할 수 있으니 양해 부

탁한다는 내용이었다. 공사 현장은 우리집의 위 위층인 7층. 우리 집과 같은 라인이었다. 나는 속으로 쾌재를 불렀다.

하지만 마냥 좋아만 할 일이 아니었다. 집안 전체 공사였는지 소음은 생각보다 심각했고, 한 세대를 사이에 두고 있는 우리 집까지 소음과 진동이 그대로 전해졌다. 마치 바로 옆집에서 공사를 하는 듯, 무언가를 깎고 부수고 깔고 미는 소리가 맹렬하게 귀를 때렸다. 코로나19 때문에 출근하지 않고 집에서 일하던 시기라 하루 종일 머리 위로 쏟아지는 소리를 감내해야 했다.

그런데 이상하게, 화가 나지 않았다. 공사 첫날, 철거 때문인지 드릴 소리부터 진동까지 두두두두 전해질 때는 '생각보다 심한데' 싶었지만, 하루하루 지나면서 '음, 오늘은 욕실 타일을 까는 날인가', '싱크대용 자재를 옮기는 중인가' 미루어 짐작하며 내부 상황을 상상하는 데까지 이르렀다. 그러니까, 견딜 수 있었다. 데시벨로 치면 7층의 공사 소리는 6층의 발망치 소리와 비교할 수 없을 정도로 컸겠지만, 인간이 이것을 감당할 수 있느냐 없느냐를 결정하는 것은 데시벨이 아니었다. 중요한 건 이유였다. 저 소리가 지금 '왜' 나는 것인지 이유를 알고 있다는 것만으로도 내 마음은 평온했다. '지금은 시끄럽지만 일하시는 분들이 퇴근하는 6시까지만 참으면 된다'라며 소음 종료 시점을 알고 있다는 사실도 내면의 평화를 찾는데 한몫했다. 출처와 이유, 시작과 종료 시점을 아는 한, 나는 배려 넘치는 다정한 이웃이 될 수 있었다. 덧붙여 말하지만, 7층 집이 나를 대신해 6층 집에 역지사지를 실현해 주어서 참은 것이 절대 아니다.

그러고 보니 누군가와의 대화에서도 언제, 어디서, 누가, 무엇을, 어떻게, 왜, 육하원칙 가운데 '왜'가 생략되었을 때 그 부분을 꼭 짚고 넘어가던 순간이 생각났다. 그 영화가 왜 천만 관객이 넘어? 모르는 사람한테 왜 그랬대? 나는 왜 이렇게 '왜'가 충족되지 않으면 안 되는 인간이 되었을까. 왜 꼭 지금 찍고 만들고 내보내야 하는지, '왜'가 담긴 기획안을 필요로 하는 일을 오래 해오면서 생긴 습관일 수도 있겠다.

　좋은 것은 이유가 없을 때가 종종 있지만, 싫은 것은 이유가 없을 때가 거의 없다. 특히 부정적인 감정에는 대부분 이유가 있다고 생각한다. 말로 설명하기 애매할 뿐 미묘한 수준의 불만과 불편과 불쾌가 누적되었다가, 어느 날 갑자기 "몰라, 그냥 짜증 나" 한마디가 되어 터져 나올 뿐이다. 그러다 또 어느 날은 갖가지 이유를 채 설명하기 귀찮을 정도로 무기력해지기도 한다. 나는 그런 순간이 가장 두렵고, 그런 사람을 옆에 두고 보는 것도 어렵다. 그래서 감정이 오기까지의 과정과 정체를 알고 싶다. 기쁨과 슬픔, 분노와 두려움에 놓이기까지의 전후 상황과 이유를 알고 싶다. 이유를 알아야 견디기 쉬워지고, 빨리 받아들일수록 치유할 시간도 많아진다. 제때 받아들이고 제때 소화할 수 있도록 이유를 잘 파악하고 설명하는 일은 그래서 중요하다. 다시 한번 말하지만 이건 6층에 대고 하는 이야기는 정말이지 아니다.

작
지
만
확
실
한
끝

　남편에게 대신 주문해 달라 말하면서도 스스로 '이렇게까지 해야 하나' 생각이 들긴 했다. 문제의 물건은 튜브링거. 튜브를 링거에 끼우고 수동으로 태엽을 돌돌돌 돌리면 일정한 자국을 내며 내용물을 남김없이 짜주는 튜브링거, 치약짜개였다. 세상에는 다양한 디자인의 튜브링거가 있지만 내가 원한 것은 눈에 보이는 곳에 두어도 시선을 거스르지 않는 색깔과 디자인을 가진 것이었고, 고르고 고르다 보니 알루미늄 소재의 네모난 치약짜개가 마음에 들었고, 그것이 나는 가입되어 있지 않은 쇼핑몰에서 최저가에 판매되고 있었고…… 여차저차 대신 구매를 부탁한 것이었다. 고르면서 '굳이'라는 생각을 안 한 것도 아니지만 어쨌든 튜브링거는 손으로 꾹꾹 눌러 짜는 것과 비교할 수 없을 정도로 치밀하게 내용물을 밀어낸다. 치약부터 핸드크림, 화장품, 잼이나 소스까지 튜브 형태로 된 것이라면 무엇이든 다 남김없이 짤 수 있다.

내게는 '나, 꽤 잘살고 있다'고 생을 감각하는 순간이 몇 가지 있는데, 그중 하나가 바로 어떤 제품을 남김없이 모두 썼을 때이다. 선물받은 핸드크림을 끝까지 다 썼을 때라든지, 바닥을 보이던 마요네즈를 반으로 잘라 실리콘 스푼으로 닥닥 긁어내 쓰고서는 뜨거운 물에 통을 헹궈서 버릴 때라든지, 양가에서 받아온 식재료나 반찬을 매 끼니 성실하게 소비했을 때라든지. 누군가 보면 '궁상맞다' 할 수도 있을 만한 장면이지만, 이상하게도 그런 소비재의 효용을 끝까지 사수해 냈다는 생각이 들면 스스로가 꽤 괜찮은 사람처럼 여겨지곤 한다.

평소에 환경 문제에 유난히 관심이 많다거나 돈을 특별히 아껴 쓰는 것도 아니고, 엄청난 살림꾼인 것도 아니다. 그저 내용물이 분명히 존재하는 것을 그냥 쏟아부어 버리거나 통째 버리는 것이 도무지 익숙해지지 않을 뿐이다. 화장품은 향이 마음에 들지 않거나 내 피부에 맞지 않더라도 '그냥은' 버리지 않고, 주방 기름때를 닦을 때 부어서 세정제나 광택제처럼 쓰거나 하는 식이다.

떠올려 보면 학창 시절 우유 급식 후에 모아둔 빈 우유 팩을 정리하는 일도 은근히 즐겼다. 재활용을 목적으로 우유 팩을 헹군 뒤 접착 면을 떼어 납작하게 펴는 바로 그 일. 애들이 먹다 남은 우유가 들어있기도 했고, 며칠 동안 굴러다니던 우유 팩이 섞여 들어와 냄새 때문에 비위가 상할 때도 있었다. 하지만 3차원의 네모 도형이 2차원의 납작 평면으로 정리될 때의 쾌감은 당번이던 한 주의 큰 보람 중 하나였다는 것을, 그런 끝맺음의 순간을 누구보다 좋아했다는 것을 누구에게도 말한 적 없다.

효용이 분명한 물건들이 제 역할을 다하며 점차 소진

되다 끝내 사라질 때, 그것이 주는 쾌감은 아주 크다. 특히 통을 채우고 있던 내용물이 차츰 줄어들고 마지막에 깨끗이 비워지는 풍경은 때로 삶의 정답처럼 보이기도 한다. 제 역할을 완벽하게 해냈을 때만 가질 수 있는 의기양양함, 그래서 미련 없이 뒤돌아 떠날 수 있는 산뜻함 같은 것 말이다. 마치 이별할 권리를 가진 사람처럼.

하지만 삶은 잼이나 로션처럼 단순하지 않아서 비틀고 쥐어짤수록, 때로는 바닥을 드러낼수록 새로운 가능성을 보여주곤 한다. 그것을 가능성이라 표현하면 좋게만 느껴지지만 결국 가능성의 언덕을 넘기 위해서는 진통이 따른다. 기나긴 생애주기에서 완벽하게 끝이 보이는 일이나 관계란 좀처럼 만나기 어려워서 숨이 차고, 지치고, 이제 좀 접어두고 쉬고 싶은 순간에도 좀처럼 끝을 보여주지 않는다. 삶은 일회용이 아니니까, 내재된 것을 쓰고 버리는 튜브가 아니니까, 바닥을 찍었다고 생각하는 순간에도 생은 계속해서 다른 장을 펼쳐 보여준다.

그러니 끝이라는 바닥에 매번 거뜬히 닿고 마는 물건들을 보며 쾌감을 느끼는 건 당연한 일일지도 모르겠다. 일이나 인간관계에 있어 정말이지 더 이상은 짜낼 수 없을 때까지 열과 성을 다하고 나면, 이 이야기는 달라질 수 있을까.

한 가지는 분명하다. 화장대며 욕실, 부엌에 자잘하게 널린 여러 개의 튜브를 짜며 쾌감을 얻듯, 삶에서도 자잘하게 최선을 다할 수 있는 순간을 만들어두는 것이다. 귀찮아서 미뤄두었던 전화 한 통, 거절당할까 두려워서 묻지 않았던 질문 하나를 용기 내어 시작하다 보면 하루에도 몇 번이고 '끝'이 쌓이고, 그렇게 쌓인 끝맺음들이 언젠가는 보람을 안겨다 줄지도 모르는 일이다.

4

친구 M이 내가 사는 도시에 놀러온 날, 하루 종일 비가
왔다. M은 도시 가운데에 있는 한 오거리를 지나며 자신이
대학생일 때의 이야기를 꺼냈다. M은 이 도시에서 대학을
나왔기 때문이다. M은 그날 고향 집에 다녀오는 길이었다
고 했다. 문제는 그날도 비가 억수같이 왔고, 더 큰 문제는
손에 든 물건이 너무 많았다는 사실이었다. 자취방에서 먹
고 쓸 반찬이며 생필품을 가득 안은 채 버스에서 내렸고,
비는 기다렸다는 듯 M을 향해 쏟아지기 시작했다. 그렇게

몇 발을 떼기도 전에 손에 든 종이가방이 비에 젖다 못해 찢어지며 물건들이 쏟아졌다. 하필이면 두루마리 휴지가 바닥을 굴렀다. 손 쓸 수 없을 정도로 휴지가 빠르게 젖고 있던 그때, 한 사람이 다가왔다. 오거리에서 신호를 잡고 있던 경찰이었던가, 의경이었던가. 그는 휴지를 주워준 뒤 괜찮냐고, 봉투가 젖어서 어떡하냐고 물었다. 경황이 없던 M은 별다른 말도 하지 못한 채 젖은 봉투를 수습해 걸음을 재촉했다. 비 때문에 짜증스러웠으나 비 때문에 어떤 친절을 만난 그날은 M에게 매우 인상적인 기억으로 남아있는 듯했다.

　그래, 내가 차를 사려 했던 것도 그 이유였지. 기억이 겹쳐졌다. 장소도 같았다. 그 오거리에는 시외버스 정류장이 있는데 터미널에서 한 번, 중간 정류장에서 한 번, 그렇게 두 차례 승객들을 태우고 마지막 오거리 정류장으로 오는 구조였다. 지금처럼 예매 시스템이 잘 갖춰져 있는 것도 아니어서 그저 시간 맞춰 오는 버스를 타는 방법밖에 없었다. 두 군데의 정류장을 거쳐 오는 동안 몇 명의 승객이 탔는지 알 수 없다는 것도 문제였다.

　그날도 비가 왔다. 오거리 정류장에는 대학가 특성상 금요일 저녁 본가로 향하는 학생들이 많았고, 나 역시 그곳에서 버스를 타고 집으로 가야 했다. 이렇다 할 대합실도 없어 매표소 처마에 의지해 서있기를 몇십 분. 하지만 불행하게도 버스는 중간 정류장에서 좌석을 모두 채운 채 오거리 정류장에 도착했다. 버스가 도착하는 걸 보고 학생들이 우루루 몰려갔지만 버스는 문도 한번 열지 않은 채 그대로 정류장을 빠져나갔다. 1시간 혹은 1시간 반에 한 대밖에 없던 귀한 버스였는데, 버스는 정류장에서 누구도 구제하지 않은 채 가버렸다. 그러고도 방법이 없으니 다시 1시간을 기다렸다. 결과는 꽝. 다음 버스 역시 오거리 정류장에 채 닿기도 전에 승객이 꽉 찼고, 나를 비롯해 기다리던 학생들 사이에선 불만이 터져 나왔다.

　결국 나는 택시를 잡아타고 버스의 출발지인 터미널로 향했고, 연패 끝에 겨우 승기를 쥔 장수처럼 기진맥진한 상태로 버스에 올랐다. 빗줄기가 남긴 물 자국을 온몸에 새긴 채로. 그리고 마음먹었다. 운전을 하기로, 차를 사기로, 그래서 두 번 다시는 이런 짜증스러운 날을 반복해 겪지 않기로.

그리고 10여 년이 흐른 지금, 나는 버스 시간 같은 것은 아무래도 좋은 운전자가 되어 도로를 누빈다. 장마 전선이 짙은 요즘 같은 날에도 비를 거의 맞지 않고 다닐 수 있는 이유는 차 덕분이다. 아파트 지하 주차장으로 내려가 또다시 지하 주차장이 있는 건물에 차를 대고, 같은 장소로 돌아와 퇴근하고 귀가한다. 어깻죽지 한편도, 양말 한쪽도 젖을 일이 없다. 비가 사선으로 내리꽂히든, 돌풍과 함께 전면으로 날아들든, 움푹 패인 땅에 빗물이 가득 고이든, 나와는 관계가 없다. 더없이 보송보송한 나날들이다.

그렇게 신호가 바뀌길 기다리며 정차해 있다가 색색의 우산을 든 아이들을 보며 '귀엽다' 느끼기도 하고, 백팩을 앞으로 맨 채 출근길을 재촉하는 사람들을 보며 '출근하기 싫겠다' 연대감을 느끼기도 한다. 그러다 문득 갇혀있는 듯

한 느낌이 들었다. 지금의 나는 더없이 보송보송 안온한 상태에 있는데, 어쩐지 무언가를 잃어버리거나 잊어버린 듯한 느낌이 든 것이다. 양말 한쪽도, 외투 한 올도 젖지 않은 채로 저들에게 감상을 투영하는 내 모습은 과연 괜찮은 것일까.

내리는 빗속에서 예상치 못한 친절을 만난 친구. 버스를 놓치고 인생마저 젖어버린 듯한 패배감에 무언가를 결심했던 나. 흠뻑 젖어버린 양말에 진저리를 치다가 '다음 비 오는 날에는 여분의 양말을 챙겨야지' 내일을 도모했던 날. 그러다 기어코 발만은 젖지 않으려 장화를 사서 신고는 어린 시절로 돌아간 듯한 기분이 들던 날.

그렇게 조금씩 예전으로 시계를 돌리다 보니, 비 맞지 않는 오늘을 내가 지루해하고 있다는 것을 알게 되었다. 비 내리고 바람 부는 바깥의 저 날씨가 나와 아무 관계가 없다는 사실은 그리 자랑할 일이 못 된다는 것도 알게 되었다. 애써 얻은 안온함 대신 빗속으로 뛰어들어 흠뻑 젖고 싶던 날. 어쩌면 비를 맞는 시간이 생각보다 자주 필요

할지도 모른다고, 정차한 차 안에서 정체된 날들을 돌아보는 어느 날이었다.

5

어
느
날
의
텍
사
스
히
트

언젠가 라디오 오프닝 원고로 이런 글을 썼다.

야구용어 중에 '텍사스 히트', '텍사스 안타'란 말이 있습니
다. 공은 분명히 빗맞았는데, 어떻게(?) 내야수와 외야수 사
이에 딱! 떨어져서 아무도 공을 잡지 못했을 때. 그럴 때 텍
사스 안타가 되는 건데요. 어느 타자가, 공을 잘 치고 싶지
않을까요. 우리도 누구나 상대에게 기쁨을 주고 싶고, 일도
잘하고 싶고, 그런 거잖아요? 비록 이번에 친 공이 빗맞은

공 같더라도, 일단 땅에 떨어지기 전에는 어떤 결과를 내놓을지 모르는 일입니다. 중요한 건, '잘해야지', '잘해줘야지' 하는 진심, 그거 하나면 충분하지 않을까요?

여기까지 읽은 분들에게는 미안하지만, 솔직히 지금이라면 쓰지 않을 논조다. 모자라도 한참을 모자란 해설이다. 텍사스 안타는 그냥, 우연이다. 텍사스 안타 어원을 거슬러 가보면 무려 1889년 미국 프로야구 초창기 때 A 마이너리그에서 B 마이너리그로 옮겨온 선수가 친 공이 우연찮게 잇따라 안타를 기록하면서 나온, 말하자면 조금은 비꼬는 듯한 단어다. 우리말로는 빗맞은 야구공이 날아가며 그리는 포물선 때문에 '바가지 안타'라고 불린다는데 그 이름 역시 멋지다고 할 수 없다.

또 하나. '그럼 요행이나 기대하고 살라는 건가'라는 말처럼 들릴까 염려되는 부분도 있다. 그저 '잘해야지' 하는 결심이나 '잘하고 싶다'는 열망보다, 백 번의 스윙이 낫다. 살다 보면 진심만으로는 충분하지 않을 때가 많고 그 진심이 빚어낸 행동이 정답일 때가 훨씬 많기에, 텍사스 안타에서 시작된 이야기는 진심 운운하는 이야기로 끝나선 안 됐다. 그보다는 텍사스 안타 뒤에 숨어있을 수백, 수천 번의 스윙을 강조하는 것이 나았을 것이다. 그런데 나는 왜 이런 글을 썼지, 후회해도 소용없다. 이런 식의 오프닝, 브리지, 클로징 원고가 이미 천 편이 넘으니까. 전파를 타고 날아간 나의 비약적 표현들이여.

　어느 라디오 작가가 오프닝 원고에서 자유로울 수 있을까. 주변의 많은 작가들이 오프닝 하나만 바라보며 자료조사, 섭외, 출연자 관리, 협찬처와 선물 관리 등 글 밖의 것들을 기꺼이 감수하며 일한다. 작가라고 해서 들어왔는데 '작作' 보다는 '잡雜'이 주업인 탓이다. 가시덤불 같은 잡일들을 제치고 겨우 작가다워지는 순간, 그것이 오프닝을 쓰는 순간이니 얼마나 잘 쓰고 싶을까. 직접 겪은 일부터 그동안 읽고 본 책과 영화, 뉴스와 칼럼, 친구에게 들은 이야기, 각종 '카더라'까지 모두 오프닝의 단두대에 오르고 거기에서 재미와 감동, 충격지수나 공감지수가 높을 만한 이야기라면 '쓸만한 소재'로 남겨진다. 그렇게 텍사스 안타도 남겨졌다.

　문제는 소재를 어떻게 다루느냐다. 그저 우연히 떨어진 공에 텍사스 안타라는 이름을 붙인 야구 해설위원처럼, 작가들은 인생 해설위원이 된다. '직장인들이 갖고 있는 콤플렉스 1위가 외모 문제라던데, 외모가 답니까? 실력이 잘생겼을 수 있잖아요', '아기 울음 번역기가 있다던데, 어른용 마음 번역기가 있으면 좋겠다 싶다가도, 그 마음 안다고 다 들어줄 수 있을까요?', '모르는 사람의 1등 당첨보다 아는 사람의 3등 당첨이 더 배 아픈 법이라던데, 모든 건 상대적인 것 아니겠어요?'

　작은 이야기에서 그럴듯해 보이는 진리를 뽑아내고, 큰 걱정은 작게 만들고, 침소봉대와 봉대침소를 오가는 오프닝의 세계를 줄타기하다 보면 단어 하나 문장 하나마다 '이게 맞나' 고민이 겹친다. 어느 칼럼에서 '대상의 복잡성을 들여다보지 않게 함으로써 사유의 지체를 초래하는 것이다. 비유는 때때로 게으르고 무책임하다[*]'는 문장을 읽고 나서는 그 지적이 나를 향한 것만 같아 뜨끔하기도 했다. 특히 내가 쓴 글이 일종의 체험 학습처럼 느껴질 때는 더욱더 질문이 많아졌다. 단 하루 딸기 따기 체험을 한다고 해서 딸기 농사의 모든 것을 안다고 할 수 없듯, 삶의 많은 순간들은 당사자가 아니라면 절대 모를 면을 갖고 있다. 천정부지 로열티, 운영비, 판로 문제……. 그런데 그 모든 것을 다 안다는 듯 '괜찮아질 거예요, 걱정말아요'라고 쓰는 것이 정말 괜찮은 것일까. 그렇게 고민을 거듭하다가도 결국은 '많은 사람이 보고 들으니까' 하는 생각으로 대부분 오프닝의 끝머리는 양지를 향하도록 둔다. 여전히 어둠 속에 놓여있는 소수의 얼굴은 모른 척한 채, 다수가 좋아할 만한 명랑과 웃음과 극복과 희망 쪽으로 나아간다.

매일매일 글로써 누군가에게 감동을 주고, 힘을 내게 하고, 눈물을 그치거나 또는 눈물을 쏟게 만드는 일은 쉽

---

[*] 〈씨네21〉, 오혜진의 '디스토피아로부터', 「불완전한 언어와 투명한 진실」

지 않다. 그러나 계속 쓴다. 오프닝에 심어둔 명랑과 웃음, 극복과 희망이 어느 정도 위선을 지니고 있다는 것을 알면서도 계속 쓴다. 그보다 나은 위선은 찾지 못했기 때문이다. 그러다 어느 날은 텍사스 안타처럼 누군가의 가슴에 내가 쓴 이야기가 가닿길 바란다. 지친 몸 실은 버스 안에서, 홀로 있는 방 안에서, 예기치 못한 순간 포물선을 그리며 다가오는 한 문장이 있길 바란다. 그렇게 별안간 떨어져 들어온 안타에 1루로 진출할 기운을 얻기를 바란다. 요행이라 말해도 좋은 그 순간을, 나는 기다리고 있다.

6

나
무
아
래
위
로

그날은 청도 운문사를 걷고 있었다. 겨울을 앞둔 운문사에는 운치가 가득했다. 보고 또 보아도 지루하지 않은 풍경 속을 몇 바퀴째 돌다가, 한 그루 나무에 시선이 멈췄다. 스님들의 수행 공간과 방문객들의 예배 공간을 가르는 담벼락 앞, 그리 크지 않은 산딸나무였다. 운문사에는 천연기념물인 처진 소나무부터 1년에 딱 한 번 공개하는 은행나무까지 저마다 타이틀을 달고 존재 가치를 뽐내는 나무들이 여럿 있다. 산딸나무는 정말이지 그냥 나무일 뿐이었는데, 유독 시선이 갔던 것은 나무 아래 쌓여있는 낙엽 때문이었다.

운문사는 유독 백장청규 중 '하루 일하지 않으면 하루 먹지 않는다'라는 계율을 철저히 지키는 사찰로 유명하다고 들었다. 그래서인지 확실히 경내 곳곳에 승려들의 손길이 묻어나는 곳이 많았다. 사찰 초입부터 구석구석 정갈함이 풍겼는데 빗자루 하나 허투루 놓여있지 않았다. 누군가가 들고 난 흔적도 남기지 않겠다는 듯 법당문 하나도 어중간하게 열려있는 것 없이 야무지게 닫혔거나 활짝 열려있었다. 낙엽도 마찬가지였다. 얼마나 자주 마당을 쓸었는지 나무에서 떨어진 낙엽들이 먼 곳으로 흩어져 다른 낙엽과 채 섞이기 전에 비질을 마친 듯했다. 산딸나무 낙엽은 산딸나무 아래에만 온전히 밑동을 따라 동그랗게 모여있었는데, 낙엽을 쓸며 생긴 빗자루 자국도 붓질한 듯 결이 살아있었다. 산딸나무 가지에는 이제 얼마 남지 않은 이파리가 겨우 몇 개 달려있었는데 주변이 워낙 정갈해서인지 그 모습이 전혀 쓸쓸해 보이지 않고 그저 자연스러웠다.

　산딸나무가 내게 남긴 감상은 크고도 길었다. 사진을 찍어둔 뒤 몇 번이고 그걸 반복해 보는 사이 내가 왜 그 풍경에 마음이 흔들렸는지 알 수 있었다. 첫 번째는 승려들의 부지런함에 감탄한 것이었고, 두 번째는 제 몸에서 떨어져 나온 조각들이 언젠가 다시 흙으로 스미어 새잎을 틔우는데 자양분이 되어줄 거라는 사실이 새삼 놀라워서였다. 그리고 세 번째, 나무 자체로 존재하고 충만할 수 있다는 사실이 부러웠다. 아름드리 그늘을 내놓지 않아도, 좋은 재목이 아니어도, 꽃이나 단풍을 달고 화려함을 자랑하지 않아도 그저 충분했다. 뻗은 것은 뻗은 것대로 굽은 것은 굽은 것대로. 주변 풍경을 거스르지 않으면서 그 자리를 지키고 있다는 것만으로도 그것은 틀림없이 '나무'였고, 사람들 역시 '나무'로 받아들인다는 사실이 중요했다.

　그리 가깝다고 할 수 없는 청도까지 가서, 꽤나 긴 시간 사찰을 걸었다는 것은 분명 마음이 힘들었다는 이야기다. 입 밖으로 꺼내지는 않았지만 위로가 필요했던 순간이었을 것이다. 이미 얇아질 대로 얇아진 마음은 상처 입기 쉬운 상태였으면서 반대로 치료약이 흡수되기 쉬운 상태이기도 했던지, 나는 낙엽마저 거의 다 떨군 나무 한 그루를 보고서 적지 않은 위로를 받았다.

　사람의 가치를 효용으로만 따질 수는 없다. 그럼에도 나는 늘 나의 쓸모를 고민했고 그 때문에 쉽게 비관에 빠졌다. 그날 만난 산딸나무는 어떤 쓸모도 증명하고 있지 않았지만 그래서 더 아름다웠다. 천연기념물이라는 이름표도, 500년이라는 긴 수령도 없이 그저 자연의 순환에 몸을 맡긴 어린 나무. 그리고 그런 평범한 나무 아래 떨어진 낙엽들을 소중한 듯 그러모아 둥글게 빚어준 누군가의 비질.
　그렇게 나도 위로받고 싶었던 것 같다. 내게서 떨어진 조각들을 누군가 그러모으며 '이걸로도 괜찮아'라고 말해주는 순간을. 그래서 내게서 떨어져 나온 것들을 소중히 안고 살 수 있게 되기를. 그렇게 나는 나로서 충분하다는 확신이 자연스레 채워지고, 언젠가 헐벗는 날이 오더라도 의연히 다음 계절을 기다릴 줄 아는 어른으로 자라날 수 있기를.

We'll meet again

Don't know where, don't know when

But I know we'll meet again

Some sunny day

우리는 다시 만날 거예요

어디서일지는 모르지만, 언제일지는 모르지만

난 알아요, 우리는 분명 다시 만날 거예요

화창한 어느 봄날에요

이 노래는 아주 우연히 듣게 되었다. 한 음원사이트의 '턴테이블에서 돌아가는 LP 속 그 노래' 플레이리스트 중 한 곡이었는데, 목소리는 물론이고 가사, 고르지 않은 음질까지 모두 마음에 들어 몇 번이고 반복해 들었다. 가수는 '베라 린Vera Lynn'이라는 이름이었다.

그녀가 부른 다른 노래를 이어 들으며 이력을 찾아보았다. 무려 1917년 영국생. 불과 1년 전 103세의 나이로 세상을 떠났다고 했다. 흔히 가수를 '노래로 위로를 전하는 사람'이라고 하는데, 그녀가 꼭 그랬다. 베라 린은 제2차 세계 대전 당시 영국군이 있는 곳이라면 어디든지 찾아가 노래를 불렀다고 한다. 그중에서도 〈We'll meet again〉은 노란 손수건을 흔드는 것 같은 애틋한 가사로 전장으로 향하는 군인과 그들을 기다리는 가족들에게 특히 더 많은 사랑을 받았다. 이후로도 영국의 각종 전쟁기념일, 엘리자베스 여왕의 대국민 담화 등에 쓰일 정도로 확고한 '국민가요'가 되었다.

어떤 기분일까, 나의 목소리가 전장의 군인들과 사람

들에게 용기를 주는 상황은. 마치 신이 된 기분이 들지 않았을까. 더구나 그런 활동을 100년 가까이 할 수 있었다는 것은 축복이라 기록해도 괜찮을 것이다. 틀림없는 재능으로, 명확한 명분으로, 여전한 수요를 갖고, 지속적으로 하나의 일을 이어갈 수 있다는 축복. 한정된 무대, 치열한 경쟁을 뚫고 사람들의 마음에 입성한 뒤 그녀는 기꺼이 정성을 다했고, 그 결과 많은 이들의 축복 속에 세상을 떠날 수 있었다.

전쟁의 시대에도 사람은 살았고, 그 속에서도 예술은 피어난다. 몸부터 마음까지 극단의 한계치를 겪어내야 하는 전시 상황 속에서 예술은 사람들에게 희망 또는 절망을 주는데 잔인할 만큼 효과적이다. 제2차 세계대전 당시 영화가 선전 무기로, 시와 문학이 모병의 도구로 사용된 것을 보면 예술이 얼마나 힘이 센지 알 수 있다.

전쟁이라는 비극적인 배경을 예로 들어 좀 그렇긴 하지만, 재능이 시대를 만났을 때, 혹은 시대가 어느 재능을 필요로 할 때 그것에 꼭 맞게 타고난 사람들의 행복을 생

각한다. 내가 가진 사명과 시대적 요구는 무엇인지, 그것
이 절묘하게 맞아드는 언젠가를 나 역시 겪어볼 수 있을까
상상해 보기도 한다.

'왜 사람에게 슬픈 이야기가 필요한가, 왜 작가는 피 흘
려가며 슬픈 이야기를 써야 하는가, 왜 전쟁의 비극은 시
처럼 아름다운가……' 박경리 작가의 소설 『시장과 전장』
전문을 몇 번이고 읽었다. 창작자는 너무 많고 소비도 빠
른 시대. 오히려 지금을 전장이라 표현해도 될까. 다행히
사람들의 재능은 날로 발전하고 있고 그런 이들을 기꺼이
사랑하려는 사람들도 많은 듯하다. 역시 사랑이다. 사랑은
한계가 없어서, 사람들은 좋은 작품에, 타고난 이에게, 노
력하는 이에게 사랑을 건네줄 준비를 마치고 기다리고 있
을 것이라 믿고 싶다.

내가 하는 일에 예술이라는 이름을 붙이기는 어렵겠지
만, 그럼에도 내가 남긴 말이나 글이 누군가에게 위로가
되길 꿈꾼다. 그리고 그 위로의 힘이 증폭되어 또 다른 사

랑으로 이어진다면 더할 나위 없겠다. 베라 린처럼 노래할 수도, 전장에 살고 있지도 않은 지극히 평범한 한 사람이 꾸는 원대한 꿈이다.

'힘
내'
의

변
주

누군가를 주인공으로 방송을 준비하고 지면에 실릴 글을 쓰는 과정에서 반드시 거쳐야 하는 일은 인터뷰다. 사는 곳, 나이, 가족 관계 같은 호구조사부터, 살아온 곳, 살아온 방식, 살아온 사연까지, 검색만으로는 나오지 않는 정보를 저인망 끌 듯 그 사람의 마음 바닥을 훑고 훑어 그의 서사가 방송이나 지면 곳곳에 녹아나도록 말과 장면을 배치하는 것이 내가 하는 일의 절반이다.

　'우리는 두서없이 질문해도 조리 있게 대답하는 걸 좋아한다'라는 어느 영화 속 대사처럼 모든 이야기가 정리 정돈되어 내게 오는 건 아니다. 얻고 싶은 이야기들을 빠르게 얻는 방법은 빠르게 다가가는 것이다. 준비 시간이 한정되어 있는 상황에서 그 사람을 충분히 파악하기 위해서는 조금은 속도감 있게 다가가는 수밖에 없다. 그러다 보면 일상적인 대화에서는 잘 하지 않는 질문들을 자주 하게 된다. 당신이 지닌 사상과 가치, 영감이 된 시대정신 같은 것들을 원동력과 좌우명 등으로 바꾸어 묻는다. "오늘이 있기까지 지치고 힘든 순간도 많았을 텐데 당신을 움직이게 하는 힘, 원동력은 무엇인가요?", "살면서 '이것만은 지킨다'라고 마음에 꼭 새기고 있는 말이 있다면 무엇인가요?", "그렇게 생각하게 된 계기가 있나요?"

　질문과 대답을 거쳐 내게 온 사람들의 인생은 방송을 준비하고 원고를 쓰는 내내 원료로 작용한다. 그리고 그 모든 말들은 '그래도 살아가자'는 방향으로 달려나간다. 아무리 힘들고 어려운 인생이어도, 고통이 과거형이 아니라 현재진행형이라 해도, 어떤 방송이나 지면도 '그러니 죽어 버리자'라고 말하지 못한다. 흔히 가까운 사람의 죽음 앞에서 힘들어하는 이에게 "산 사람은 살아야지"라고 말하는 것처럼, '그래도 살아가자'는 말은 삶 전반에 폭넓게 적용 가능하다. 언젠가 괜찮아질 내일을 이유로 계속해서 살아가자고 말을 이어간다. TV 속 사람이 지금 어떤 모습이든, 어떤 시련과 영광을 말하든, 그 이야기의 끝에는 연속된 삶이 있다. 어떻게든 살아냈고, 어떻게든 살아갈 삶이.

가끔 촬영 현장 분위기가 축축 처지는 것 같으면 출연자를 향해 "파이팅!"이라고 외칠 때가 있다. 나름 부려보는 재간이다. 카메라 앞에 사람을 앉혀 몸과 마음을 긴장시켜 놓고는 파이팅이라니 뻔뻔하다는 생각도 들지만 이런 뜬금없는 외침이 실제로 힘이 될 때도 있다. 특히 방송 출연이나 인터뷰라는 생에 몇 번 없는 이벤트적 순간을 통과하고 있는 일반인에게는 더욱 그렇다. 운동회 100m 달리기 출발선에 선 친구를 향해 던지는 외침처럼, 직접적인 응원이 필요한 순간이 있다.

결국 모두에게 전하고 싶은 말도 '파이팅'이다. 동료들과 협업해 만들어낸 결과물은 저마다 다른 장면과 다른 텍스트로 꾸며져 있지만, 그 모든 저변에는 "파이팅, 힘내"라는 말이 담겨있다.

지치고 닳은 어떤 삶은 '파이팅, 힘내'라는 직접적인 말로는 벌떡 일어나기 힘들다. 도리어 반감을 살 때도 있다. 내가 원하는 파이팅의 모습은 축 늘어져 있던 심신이 갑자기 "아자아자!"를 외치며 분연히 떨쳐 오르는 것이 아니라, 아주 약간의 변화를 이끌어내는 것이다.

TV 속 감자탕 대박 맛집을 보며 조금이라도 입맛이 동한다면, 지리산 피아골에 단풍이 들었단 소식만으로도 가슴이 약간 뛴다면, 그것으로 족하다. 숨이 쉬어지지 않을 만큼 답답할 때 조금은 숨통이 트인다는 느낌, 어떤 것도 입에 대고 싶지 않을 때 물부터 한 모금 마시는 정도의 변화를 시작으로 계단을 오르듯 차근차근 힘내는 모습을 보고 싶다.

이제 막 실연한 친구에게 힘내라는 말 대신 술 한잔 사주고 어깨를 툭툭 쳐주었던 경험이 있는 사람이라면 이해할 것이다.

우리는 누구나 '그래도 살아가자'를 타인에게 권한다는 점에서 모두가 착한 사람들이다. '힘내'라는 말을 가볍게 하는 사람도, '힘내'라는 말을 차마 꺼내지 못한 채 전전긍긍 마음 쓰는 사람도. '그래도 살아가자'는 말은 너무 거창하고 비장한 듯하여 차마 직접적으로 꺼내지 못한 채, 제가 가진 주머니 속 사탕이라도 주섬주섬 꺼내놓는 모습이 우리를 살게 한다. 100인 100색 다양한 말과 방식으로 꺼내놓는 위로의 사탕들을 그러모아, 계속해서 방송을 만들고 글을 써나간다.

9

병실에서 많은 시간을 보내야 했던 그해. 엄마가 내 곁에 있다는 사실이 다행스럽기도 하면서 안타깝기도 하던 나날들이었다. 다행스러웠던 이유는 엄마의 보살핌에 기대어 내 몸과 마음이 편안히 치료에 임할 수 있었기 때문이고, 안타까웠던 이유는 엄마는 이미 아빠의 병수발을 드느라 오랫동안 고단한 시간을 보내왔기 때문이다.

가장 걱정됐던 부분도 그것이었다. 병원 문턱이라면

지긋지긋하게 오갔을 엄마가 다시 한번 이 문턱을 넘어야한다는 사실. 지치고 고단한 것을 넘어 때로는 두렵게 느껴질 병원의 공기를 또다시 맡게 해야 한다는 사실이 견딜수 없었다. 하지만 병원 생활을 혼자 해보겠다고 선언할만한 용기가 스물다섯의 내게는 없었고 결국 아픈 시간을둘이서 나눠 가질 수밖에 없었다. 두 번째 항암치료를 마치고 집에 돌아온 날, "머리 안 빠지는데? 안 빠지는 사람도 있다더니 나도 그런가 봐"라고 말하기가 무섭게 다음날부터 머리카락이 빠지기 시작했고, 듬성듬성 남은 머리칼을 엄마가 깎아주며 함께 울었던 기억. 보호자 식사를따로 신청하지 않고 내가 밀쳐둔 밥으로 몇 술 뜨며 한 끼를 대충 때우던 엄마의 모습 같은 것들을 떠올리면 지금도가슴을 꾹꾹 눌러야 할 만큼 마음이 저민다.

시간이 꽤 흘러서인지는 알 수 없으나, 병원에서의 시간이 나쁜 기억으로만 남아있지는 않다. 창가로 비쳐 들어온 햇살을 매만지듯, 따스한 기억으로 남은 순간들도 있다. 엄마와 이야기를 나누는 시간이 특히 그랬다.

　"일찍 일어나라, 밥 먹어라, 어디 가는데, 언제 들어오는데, 불 좀 꺼라, 방 좀 치워라"로 점철됐던 엄마의 말과, "몰라도 된다, 알아서 할게"로 점철됐던 딸의 말. 그렇게 짧고 굵게 생활의 영역 안에서만 맴돌던 모녀의 대화는 병실이라는 공간을 만나면서 새로운 페이지를 열게 되었다.

　매일 얼굴을 맞대고 살면서도 하지 않거나 하지 못했던 이야기들이 서로의 시든 얼굴 앞에서야 비로소 쏟아졌다. 졸업 후 공장에서 일하던 엄마가 동생들 선물과 생필품을 사 들고 집에 가곤 했다는 월급날, 선을 본 날, 약혼 사진을 찍었던 날, 결혼하던 날, 앞집 뒷집 옆집 모두가 아빠의 일가친척인 집성촌에서의 신혼 생활, 그리고 시어머니가 아닌 시아버지 시집살이까지. 병실에서의 내 나이와 비슷했을, 스물다섯 전후의 그녀는 나보다 훨씬 많은 일을 겪고서 지금의 모습으로 내 앞에 이르러 있었다. 5060세대 남성들이 흔히 말하는 '누이'의 삶에서 조금도 비켜나 있지 않았던 삶. 그런 이야기를 들을 때마다 엄마의 손가락이 유난히 굴곡져 보였다.

엄마는 과거에 꾸었던 꿈 이야기도 자주 들려주었는데, 엄마의 삶에 있었던 인상적인 일들이 꿈이라는 무의식과 얽혀있음을 간증하는 이야기가 대부분이었다. 그렇다고 엄마가 예지몽을 꾸는 영적 능력자라는 말은 아니고⋯⋯. 훗날 퇴원 후 엄마는 꿈에서 맑디맑은 샘물을 보았다며 그것으로 일찌감치 나의 완치를 예감했다고 했으니, 그저 해몽에 조금 밝은 편이라고 해두자.

어쩔 수 없이 병을 앓으면서 억지로 얻게 된 깨달음일 수도 있으나, 병원에서의 시간은 내게 크나큰 휴식이자 전환이었다. 어서 잘난 사람이 되고 싶다는 조급함은 치료라는 중차대한 사안 앞에서 자연스레 제동이 걸렸다. 내게 정말로 중요한 것이 무엇인지 가늠하는 능력도 조금은 생겼다. 무엇보다 큰 전환은 엄마라는 사람을 다시 보게 됐다는 것이었다. 병원에 있는 동안 엄마는 "딸이라 못 해준 게 많아서⋯⋯"라는 말을 몇 번이나 했는데, 나는 그것이 진심인지 도무지 알 수가 없어 그저 가만히 듣고만 있었다.
왜냐하면 엄마는 내게 못 해준 것이 없었기 때문이다.

차고 넘치는 시간 동안 나를 먹이고 입히고 돌보고, 하물며 지금도 수발을 들고 있는 사람이 왜 그런 말을 하는지. 그저 위로인지, 아니면 정말로 마음 깊은 곳에서 나오는 회한인지 나로서는 이해할 길이 없었고, 그러한 부채 의식이 어디에서 비롯되었는지 궁금하다 못해 답답하게 느껴지는 날도 있었다.

아니, 내가 아픈 게 엄마 탓인가. 엄마 손을 떠나 먹은 밥이 얼만데. '내 몸으로 낳은 자식 내가 책임진다'는 의무감은 자녀가 몇 살이 될 때까지 짊어져야 하는 것인지, 도무지 그것을 내려놓을 줄 모르는 엄마의 모습은 내게 이해 불가능한 영역이었다.

병원에서의 시간은 엄마를 더욱더 엄마로 남게 하면서 동시에 '엄마는 어떻게 엄마가 되었는가' 질문하게 만들었다는 점에서 이전과는 다른 시선으로 엄마를 바라보게 했다. 엄마는 처음부터 엄마가 아니었음을, '엄마'라는 이름을 얻기 전인 스물다섯 그녀의 삶을 전해 들으며 세상에는 처음부터 그랬던 것은 하나도 없음을 알게 되었다. 그렇게

인생의 어느 날에는 견딜 수 없이 새삼스러운 깨달음이 필
요하다는 것을, 여전히 더운 손으로 내게 밥을 건네는 엄
마의 모습을 보며 실감하고 있다.

10

초
심
의

모
양

이제 막 이름이 알려지기 시작한 배우가 인터뷰에서 이렇게 말했다. "스스로한테 되게 많이 물어봤던 것 같아요. '입에 풀칠할 정도만 벌어도 괜찮겠냐?' 그때 '괜찮다'라고 생각이 들어서 이 일을 시작했던 것 같아요." 공교롭게도 다음 출연자도 이렇게 말했다. "사글세라고 하잖아요. 월 10만 원 내는 방에서, 굶지 않으면 된다고 생각했어요. 굶지만 않으면 내가 하고 싶은 일을 할 거야."

초심은 밥의 모습을 하고 있다. 누구나 한 번쯤 "그걸로 밥 벌어먹고 살겠냐"라는 질문을 들어본 것처럼, 초심은 밥의 모습을 하고 누군가의 꿈 앞에 가서 선다. 그리고 '밥' 은 '돈'으로 자주 대치된다.

　방송작가가 되겠다며 다니던 직장을 박차고 나오기 전, 몇 번이고 계산기를 두드렸다. 언제까지는 여유가 있 겠고, 언제까지 방송 일을 구하지 못하면 아르바이트를 해 야겠고, 최소한 얼마를 번다면 생활은 되겠구나. 많지도 않은 숫자를 두드려 가며 일하지 않고 미래를 준비할 수 있는 날과 일을 병행해 가며 미래를 준비해야 하는 날을 헤아리곤 했다.

　다행히 일은 빠르게 내게 왔다. 영화관에서 이제 막 상 영이 시작되려던 찰나, 지원서를 본 피디가 전화를 한 것 이었다. 얼마나 마음이 들떴던지, 나는 친구도 영화도 버 려두고 바로 면접을 보러 갔다. 그렇게 콩 볶듯 시작된 일 이어서 원고료가 얼마인지 묻지도 따지지도 않은 채 방송 작가 생활을 시작했다. 매주 방송되는 1시간짜리 프로그램 에서 7분가량의 코너를 맡았는데 그게 회당 25만 원이었다. 3.3% 원천징수를 제하면 통장에 찍히는 건 24만 원이 조금 넘었다. 한 달이 보통 4주라 치면 월 100만 원이 안 되는 금액이었다.

놀랍게도, 그래도 좋았다. 하고 싶던 일을 한다는 기쁨에 빠져 돈을 따질 이유도 여유도 없었다. 그러나 현실은 현실이어서, 한 주라도 결방되면 '아르바이트가 낫겠다' 싶을 정도로 통장이 가난해졌다. 자연히 통장에 찍히는 숫자에도 집착하게 되었다. 집에서 방송국까지 시외버스 요금을 제하고 쓸 수 있는 금액을 두드려가며 친구와 약속을 잡아야 했다. 어느 날 약속을 취소하며 생각했다. 의지박약은 통장 빈약에서 비롯되는 건가······.

'이대로 괜찮을까' 생각이 들던 즈음, 메인 코너로 일이 옮겨가면서 원고료도 깡총하게 올랐다. 30분 넘는 분량에 원고 양도 많아지고 챙길 일도 늘어났지만 그래도 또 한동안은 괜찮았다. 월 실수령액 100만 원 이상의 힘은 생각보다 컸기 때문이다. 그러면서 또 자연스럽게 통장에 찍히는 숫자를 보며, 친구들을 만나 안주를 맘껏 시키며 생각했다. '써야 할 것보다 조금 더 많은 돈을 번다는 건 정말 기쁜 일이구나'.

그즈음, 어느 지역방송국은 백화점 건물에 입주해 있어서 원고료가 입금되는 날이면 작가들이 그렇게 쇼핑을 하더라는 이야기가 떠돌았다. '시발비용'이라는 말이 있기 이전부터 작가들은 그 비용을 매주 쓸 줄 알았다. 우리들은 대체로 주급을 받기 때문이다. 한 달에 한 번이 아니라, 매주 조각조각 들어오는 원고료는 '너 지난주에 힘들었잖아, 그러니까 이 정도는 써도 돼'라며 소비를 부추겼다.

차비하고, 밥 먹고, 친구 만나서 부끄럽지 않을 정도로 밥 사고 술 사고 할 수 있을 정도면 된다던 처음의 마음은 신기루처럼 사라졌다. 돈으로 충당할 수 있는 행복이란 얼마나 짜릿한가. 만수산 드렁칡처럼 돈과 행복이 얽히기 시작하면서 나는 아무래도 초심을 잃어버린 것 같았다.

연기를 시작하며, 영화판에 뛰어들며, '굶지만 않으면 된다고 생각했다'던 그들은 지금 돈에 대해 어떻게 생각할까. 그 말을 들으며 자연스레 과거를 떠올렸던 나는 언젠가부터 일이 목적이 아니라 수단이 되었음을 고백한다. 글을 쓰고 싶어 시작한 방송 일은 언젠가부터 돈을 벌기 위한 일로 바뀌었다. 섭외하고, 사람들이 나눌 말과 행동을 중간에서 조율하고, 카메라 뒤에서 땡볕을 쬐고⋯⋯. 이건 글값이 아니라 노가다값이라는 생각을 몇 번이나 했는지.

짚고 넘어가자면, 그렇다고 해서 지금의 내가 만족스러울 만큼 돈을 많이 버느냐면 그것도 아니다. 나를 포함해 방송작가 대부분은 원고료가 물가상승률만큼만 올라도 좋겠다 싶을 정도로 체계적인 원고료 인상 같은 것은 기대도 할 수 없고, 들쭉날쭉한 원고료 책정 세계 속에서 어쩌다 운이 좋기만을 기대할 뿐이다. 어제보다 더 많은 원고료를 받는 일, 절대 보장할 수 없다.

돈 때문에 이 직업을 선택한 것이 아니면서도, 개편이니 특집이니 해서 1년에도 몇 번이나 돈 이야기를 해야 하는 상황에 맞닥뜨리다 보니 자연스레 '돈, 돈'거리게 되었다. 경력이 쌓이면서 다음에 올 사람들, 그러니까 후배 작가들을 생각하면 한 번 말할 것도 두 번 말하게 되었다. 지금 수준에서 한걸음 더 나아가지 않으면 다음 사람은 반걸음도 나아가지 못한다. 만 원씩, 오만 원씩, 십만 원씩, 파이를 넓혀야 다음 사람이 다음을 제안하기 쉬워진다는 것을 언니 작가들을 통해 배웠기 때문이다.

초심이 돈으로 연결된다는 것은 서글픈 일이다. 사람들은 초심에서 얼마나 머무르며 사는 것일까. 한번 택한 일을 수십 년 밀고 나가면서도 여전히 순수한 지향과 열정을 지닌 사람을 보면 경외감이 인다. 성공한 사람들은 자신의 심장을 떨리게 하지 않는 일이라면 할 만한 가치가 없다고 이야기하기도 하지만, 나 같은 생활인은 들쭉날쭉한 벌이 앞에 심장이 떨린다.

그럼에도 '굶지 않을 정도만'을 기대하며 꿈을 향해 첫걸음을 뗐던 나와 타인들의 초심을 생각하면 그때가 그리워지기도 한다. 한 달에 100만 원도 채 안 되는 돈도 '원고료'라 생각하면 숫자 따위는 지워지고 통장에 자부심이 찍히는 듯했던 시절. 가장 최근에는 신문 지면에 칼럼을 연재하기 시작하면서 그때와 비슷한 떨림을 받았다. 섭외니 촬영이니 수정이니 어떤 조율도 필요 없이 오직 나 혼자만이 시작하고 끝맺음한 글은 실로 오랜만이었기 때문이다. 방송 문법이 아닌, 지면이라는 새로운 문법 아래 엎드려 쓰는 글. 그러니까, 글만 쓸 수 있다면 나는 언제든지 초심으로 돌아가는 비행기를 탈 수 있음을, 나의 초심은 빈 문서 앞에 늘 엇비슷한 모습으로 놓여있음을, 깜빡이는 커서를 마주하며 새삼 돌이켜본다.

11

무슨 소리야, 재미있어

어린 시절, 표현도 서툴렀지만 그보다 먼저 스스로의 생각과 감정을 파악하는 일에도 서툴렀다. '내가 지금 이 상황에서 기뻐해도 될까?', '화내도 될까?' 하고 감정을 고르는 데 많은 시간을 썼다. 한 가지 일에 다양한 시선이 존재할 수 있다는 걸 깨달은 것도 고백하자면 아주 나중의 일이었다.

어릴 때는 그것이 감수성이 발달한 때문이라고만 생각

했다. 친구가 웃으면 나도 웃었고, 친구가 울면 나도 울었다. 가족은 더했다. 엄마가 어떤 일에 분개하면 나도 화가 났고, 엄마가 별일 아니라고 하면 덩달아 별일 아닌 것처럼 느껴졌다. 엄마가 '괜찮다'고 했던 많은 일들이 사실은 괜찮지 않은 일이었는데, 어린 나는 사태와 감정, 남과 나를 분리할 줄 모른 채 오랫동안 남의 말과 감정을 따라가며 자랐다.

그런 껍질을 깨준 일등 공신은 책, 그중에서도 만화책이었다. 6학년 교실에서 S를 만나지 않았더라면, S와 터울이 많던 대학생 언니 방에 들어가지 않았더라면, 책상 아래, 피아노 위에 빼곡한 만화책을 만나지 못했더라면, 아마 나는 감정과 세상을 이해하는 시기가 또래보다 아주 늦었을지도 모른다.

1990년대 순정만화 부흥기 속에서 자란 우리는 대여점에서 만화책을 빌려다 교실에서 온종일 돌려보기도 하고, 용돈을 아끼고 아껴 월간지와 단행본을 사서 보기도 했다.

교실부터 우주, 과거와 미래까지 못 가는 데가 없는 만화 속 세상 중에서도 내 마음을 가장 크게 움직인 것은 학원물, 그중에서도 동아리 활동을 하는 친구들 이야기였다. 같은 반에 배정되어 친구가 된 것이 아니라, 공통의 관심사 덕분에 친구가 된 이야기. 스스로 선택한 사회 속에서 어울리며 성장하는 이들의 이야기가 더없이 끌렸고, 그 안에는 같은 관심사를 가졌으면서도 각기 다른 성격과 행동으로 자아를 드러내는 주인공들이 있었다.

『쿨핫』˚의 어느 장면. 이제 막 고3이 된 선배에게 "공부하느라 힘들겠네요"라고 하자 "그래도 머릿속이 시원해, 할 일이 분명하니까"라고 답한다. 정확한 워딩은 아니지만, '대학 진학이라는 명확한 목표가 있으니 오히려 낫다'는 내용이었다. '이게 왜?' 싶겠지만, 당시의 나는 고3이 짊어져야 할 무게랄까, 7시에 등교해 밤 10시, 11시까지 야자를 해야 하는 운명에 대한 반감을 갖고 있었다.

˚ 유시진, 1997

그것은 당시 대중문화 영향이 컸을 텐데, 그때의 아이돌은 '학교라는 감옥에 갇힌 불쌍한 너희들'을 주제로 노래를 불렀고, 그런 가사에 학습된 나머지 '학교는 감옥, 고3은 형벌, 우린 무얼 위해 공부하나'라는 이야기에 맹목적으로 감정을 쏟던 시기였기 때문이다. 그런데 머리가 시원하다니. 물론 『쿨핫』의 주인공들은 모두 상위권 성적의 소수정예 동아리에서 활동한다는 함정이 있지만, 고3도 나름의 장점은 있다고 쿨하게 이야기하는 장면은 내게 새로운 시선 그 자체였다.

이런 장면도 있다. 이제 막 친해지기 시작한 여학생들. 그 사이에서 유난히 자기 이야기는 후다닥 말해버리는 한 명이 있다. "너는 왜 그렇게 말을 빨리해?"라고 묻자 그 애가 답한다. "내 이야기는 재미가 없으니까, 너희들이 듣고 있으면 지루하잖아……". 얼굴이 빨개진 채 당황한 그 애에게 친구들이 말한다. "무슨 소리야, 재미있어!"

고등학교 1학년 교실 안팎의 이야기를 그린 『플라워 오브 라이프』*에는 이런 장면이 많다. '그 애와 다른 의견을 말하면 더 이상 친구가 될 수 없다고 생각해' 왔던 또 다른 주인공은 친구와 공동으로 만화를 그리다 의견이 부딪히자 '이제는 같이 그림을 그릴 수 없겠지⋯⋯'라며 상심한다. 하지만 다음 날, 친구는 주인공의 의견을 반영해 만화를 다시 그려온다. '말다툼한 뒤에도 서로 기분 좋게 웃을 수 있는 친구가 내게도 있다는 것'을 1학년 종업식에서 깨닫는 주인공. 누군가는 당연한 것 아니냐고 물을 일들을 새삼스레 깨닫는 그들을 보며 나도 차근차근 주변을 읽어 갔다.

　이후로도 만화책 속 숱하게 많은 장면들이 내게 왔다. 오해와 다툼으로 끝날 줄만 알았던 관계가 오히려 그 일을 계기로 두텁게 이어지기도 했다. 또한 서로 다른 의견이 더 나은 성과를 내기도 하는 것을 만화책뿐만 아니라 진짜 삶에서도 확인해 가면서 나는 차츰 세상을 향해 고백하는

*　요시나가 후미, 2004

법을 익혀갈 수 있었다. 겁먹을 필요 없다. 세상에는 생각보다 용서가 흔하고 사람들은 섬세하면서도 대범하다는 걸, 오래전 책들과 지금의 사람들이 거듭거듭 들려주고 있으니까.

12

미지근한 손이라도 괜찮다면

캘리포니아에 가본 적은 없지만 이런 이야기는 들은 적 있다. 거긴 1년 내내 날씨가 따뜻하고 햇빛이 넘쳐서, 사람들의 성향도 굉장히 긍정적이라는 이야기였다. 평균 기온 20도의 지중해성 기후라는 수혜를 입고, 언제나 에너지가 넘치고 모든 일에 자신감 있게 반응한다고 했다.

여기서 단점이 있다면, 그러한 무한 긍정 때문에 진지한 대화가 어렵다는 거였다. 한쪽이 아무리 심각한 표정으로 고민을 털어놓아도, 본 투 비 캘리포니아 사람이라면

무조건 "괜찮아, 다음에는 잘될 거야, 너 자신을 믿어!"라
며 고민을 가볍게 날려버린다는 것. 살까 말까 고민하면
사라고 하고, 갈까 말까 고민하면 가라고 한다는 캘리포니
아 사람들의 긍정성은 그로부터 정반대 지점에 있는 나로
하여금 캘리포니아에 대한 환상을 갖게 만들었다.

사주팔자를 믿는 엄마는 종종 내가 태어난 달을 두고
안타까워했는데, 날씨가 따뜻한 달에 태어났다면 어땠을
까 하는 거였다. 5월이나 8월, 그도 아니면 3월이면 얼마나
좋았겠니, 따뜻한 계절에 태어났다면 주변에 사람도 많고
삶이 포근했을 거라고. 사주팔자에서 말하는 인덕도 있고,
내 성격도 조금은 더 따뜻했을 거라고. 처음에는 '뭔 소리
야' 흘려듣다가, 곁에 누가 없다 싶은 어느 날은 '진짜 그런
가' 생각이 많아지기도 했다. 내 생일은 음력 12월, 양력
1월. 겨울 중에서도 깊은 겨울, 해도 뜨기 전인 6시에 태어
났다.

어느 카페에 놓인 지구본을 보며 '위도가 비슷하면 기

후가 비슷하고, 경도가 비슷하면 시간이 비슷하구나' 새삼 깨닫다가 생각했다. 다른 모든 조건을 그대로 둔 채, 다른 위도와 경도에서 태어났다면 어땠을까. 그러니까 조금만 더 위도가 높은 곳에서 태어났더라면, 해가 찬란히 내리쬐는 경도에서 태어났더라면. 내가 태어난 1983년 1월보다 조금은 더 따뜻한 위도와 경도에서 삶을 시작했다면, 나는 조금 더 따뜻한 사람이 될 수 있었을까.

자신에게 주어진 재능이나 환경이 충분치 않다 느낄 때 사람들은 다시 태어나고 싶다고 생각한다. 인생 리셋 버튼을 누르는 일이다. 나도 예전에는 캘리포니아 사람 같은 무한 긍정 에너자이저를 보면 부럽다 못해 '저렇게 태어나고 싶다' 생각한 적 있었다. 내가 갖지 못한 종류의 밝음을 토대로 쾌활, 명랑, 털털함을 유감없이 발산하는 사람. 꼬인 데 없이 있는 그대로 받아들이고 표현하는 사람.

살면서 여러 번 들은 "넌 참 차분하다"는 말 속에, 야박하고 이기적이라는 뜻이 담겨있다는 걸 알고 있다. 그러나 같은 말 속에, 세심하고 믿을 만하다는 뜻이 담겨있다는 것도 이제는 알고 있다.

　나는 지금의 나의 온도가 좋다. 펄펄 끓다가 식은 게 아니라, 차가운 데서 서서히 따뜻해지고 있는 내가. 살면서 아프기도 하고 상처 입기도 하면서 서서히 식어가는 내가 아니라, 반대로 서서히 데워지고 있다는 사실에 위로를 받는다. 새벽에 태어나 아침으로 나아가듯 점점 빛이 더 많이 드는 삶. 여전히 어느 날은 외로운 위도에서 태어난 것을 원망하면서 어린아이처럼 굴 때도 있겠지만, 또 어느 맑은 날에는 삶의 의지를 충분히 흡수하고 마음에 열을 올리는 날이 있을 것이다.

　그렇게 만들어진 나의 온도. 아직 미지근하지만, 그래도 잡아보면 온기가 있는 손. 그런 미지근한 손이라도 괜찮다면, 이제는 누군가의 찬 손을 잡아주고 싶다.

기꺼이 헤매는 마음

1판 1쇄 인쇄 2022년 12월 12일
1판 1쇄 발행 2022년 12월 20일

지은이 임승주

발행인 양원석 **편집장** 정효진 **책임편집** 문예지
디자인 정세화, 김미선
영업마케팅 양정길, 윤송, 김지현, 정다은, 백승원

펴낸 곳 ㈜알에이치코리아
주소 서울시 금천구 가산디지털2로 53, 20층 (가산동, 한라시그마밸리)
편집문의 02-6443-8843 **도서문의** 02-6443-8800
홈페이지 http://rhk.co.kr
등록 2004년 1월 15일 제2-3726호

ISBN 978-89-255-7716-6 (03810)